# 夢の対局

道木長保

文芸社

目次　◆　夢の対局

# 夢の対局

# 一、京都旅行

名古屋で妻の両親と同居し、大手電機メーカーに勤務している土岐千歳《ときちとせ》は、今年課長になったばかりの四十代半ばのエンジニア。今年のゴールデンウィークは課長昇進という「ご褒美」も含めて妻の千恵子と京都へ一泊旅行に出かけることにした。

このことを会社の同僚に話したら、千歳の「千」と妻の「千」をとって「二千年愛の夫婦旅行」と冷やかされたり、からかわれたりもした。千歳は「二千年も経過《た》てば命も愛もないわ」と笑いながら返すのだった。実際には結婚して二十数年になるが、「愛」とかそんなものではなくてお互いに「空気や水」のような存在、否、それすら感じていないと言ったほうがいいかもしれなかった。

「愛」とはなんだろうと思う。目に見えないものなので余計に理解しにくい存在だ。

結婚して二十数年も経過《た》てば「愛」とか「恋」などという言葉はもうとっくにどこかへ行ってしまっている。

以前、老夫婦の夫が「愛はないけど情《じょう》はある」と言っていたが、言い得て妙だと思った。

千歳の知り合いで数年前に奥さんを亡くした人がいて、その人は「どんな奥さんでも居《お》らないかんよ」と実感を込めて言っていたが、日頃は口ゲンカばかりしている千歳と千恵子も、片方が亡くなって初めて夫婦の愛に気がつくのだろうかと思った。丁度高山《こうざん》へ登った時に空気が薄くなると空気の存在や有り難さが分かるのと同じかもと。

千歳は今までに数回離婚を意識したことがある。その時に夫婦ゲンカの勢いで離婚もできたかもしれないが、千歳には心の片隅に結婚式（神前）で神様に「死ぬまで別れない」と誓ったのが記憶に残っているので、今日までケンカをしながらも離婚せずに来ることができた。あの誓いは単なるセレモニーと言えばそれまでだが、何となく神様との約束を反故《ほご》にしてしまうのには抵抗があった。罰が当たるとかそういうのではなくて、自分の心に対してかもしれない。もちろん子供のことや世間体《せけんてい》もある。

身近な夫婦愛から人類愛まで、愛とはよく分からないモノだと思う。

マザー・テレサの愛は仏教で言う「忘己利他《もうこりた》」（自分のためではなく、人のために尽くす）だと思うが、では千歳が妻に「忘己利他」をしているかと言えば「そこまではしていない」というのが本心だ。もちろん生活費として給料は妻に渡しているが、それはパートナーへの責任の一部で、「愛」とは少し違っているような気がしている。

仏教でもキリスト教でも「人のために尽くす」奉仕は愛だと思うが、夫婦がお互いに尽くしているかと言えばたぶん違うと思う。夫婦でも価値観が違うため、してほしいことをしてくれれば嬉しいが、してほしくないことを親切にしてくれても少しも嬉しくもないし、有り難くもない。

マザー・テレサの愛は喉が渇いている人にコップ一杯の水をあげる愛だと思うが、夫婦の愛はちょっと違うような気がする千歳だった。

お釈迦《しゃか》様の弟子で目連《もくれん》という神通力に長《た》けた人がいて、その神通力を使って亡くなった母親を透視すると、極楽にいると思っていた母親は地獄で飲まず食わずの苦しみに遭っていた。嘆き悲しんで目連がお釈迦様に相談すると、「お前にとってはかけがえのない人であろうが、本当は心が狭く、生きている時に困っている人を見ても、見て見ぬふりをして助けようとしなかった。その罪の深さゆえお前の母親は地獄の苦しみに遭わなければならないのだ」と言われた。

愛の第一歩は「困っている人がいたらまず声をかける」ということではないかと思う。

夫婦愛から人類愛まで「愛」は難しいと思う千歳だった。

京都は千歳が学生時代を過ごした街なので、親しみもありどこか懐かしさを感じるが、どうして平安遷都《せんと》が行われたのかは深く考えずに今日まで来たので、これを機会に調べてみた。

第五十代天皇の桓武《かんむ》天皇は、平城京（奈良）から平安京（京都）へ直接遷都したのではない。七八四年に平城京から長岡京への遷都があった。この遷都の理由は興福寺や東大寺の仏教勢力が台頭し、政治にまで干渉したり、お寺の造営で国家財政が苦しくなったので、その仏教勢力の及ばない長岡京に遷《うつ》った。もう一つの理由としては、平城京の人口が増えるにつれ、平城京は陸路しかないので物資が不足したため、桂川・宇治川・淀川のある長岡京にした。

長岡京が都だった期間は約十年と短く、その後は平安京（七九四年、〝鳴くよ鶯平安京〟）へ遷都した。その理由の一つとして「早良親王《さわらしんのう》」の怨霊《おんりょう》説が有力である。簡単に記すと、長岡京造営の責任者である「藤原種継《ふじわらのたねつぐ》」が造営中に弓で射られて暗殺され、実行犯は捕まり十数名が死罪となるが、その首謀者が「大伴家持《おおとものやかもち》」だった。大伴家持は事件の前に既に死亡していたが、官位剥奪《はくだつ》という厳しい処分が下された。また、桓武天皇の弟である「早良親王」にも嫌疑がかかり、早良親王は断食をして無実を訴えるが、結局流刑処分となり移送中に無念を抱えたまま衰弱死してしまった。

早良親王の死後、桓武天皇の妻や生母・皇后が立て続けに亡くなったり皇太子が重病になったりしたので、これらはみな早良親王の祟《たた》りだと噂された。また長岡京は二度も大きな洪水に襲われたので、長岡京を諦め平安京への遷都を決めたという。平安遷都もすんなりといったわけではなく、平城遷都を再度もくろむ平城上皇（第五十一代平城天皇）と第五十二代嵯峨天皇の皇位争いで嵯峨天皇が勝ったので、平安京が長く続いた。その皇位争いは、首謀者の藤原薬子《くすこ》の名前を取って「薬子の変」と言う。この藤原薬子以前の奈良時代、『続日本紀《しょくにほんぎ》』には政《まつりごと》にも女性が参加していたと記してある。この「薬子の変」を境に「女性はダメだ」となり、平安時代には政から女性がいなくなった。女性が政治に参加するようになったのは戦後の昭和になってからなので、薬子は女性史に残る大罪を犯したのかもしれない。

平安京の遷都も、最初から今ある御所の場所（東西が寺町通りと烏丸通り、南北が丸太町通りと今出川通り）ではなく、そこから西へ二キロメートルほどの場所だった。もう少し詳しく説明すると、大内裏《だいだいり》の東西の部分が現在の大宮通りと西大路通りの間、南北は今出川通りと二条通りの間で、その中にさらに内裏があり、元弘元年（一三三一年）に光厳《こうごん》天皇が今の場所に変えた。その理由としては、大内裏の西側・右京は大雨による川の氾濫で度々洪水に見舞われ、使い物にならない土地だったので、左京に人が集中してきたことから内裏を今の場所に移動したという。

調べているうちに千歳は、遷都だけでも仏教勢力の排除や権力争いなどがあることが分かり、「歴史は面白《おもしろ》い」と思った。

千歳は京都で学生時代の四年間を過ごした。勉強はあまりせず囲碁やマージャン、パチンコと遊んでばかりいて、「成績優秀」とは言えないものの四年で卒業し、今勤めている電機メーカーに就職することもできた。

学生時代の千歳は今ほど神社仏閣や名所旧跡に興味がなく、今思えばせっかく京都に住んでいたのに惜しいことをしたなと思っていた。

妻と二人だけの旅行は新婚旅行以来記憶がないので、日頃の罪滅ぼしも含めて行くことにした。

妻に「京都で行きたい場所《ところ》があるか？」と聞いたところ、「今年（令和六年）のNHKの大河ドラマ『光る君へ』の藤原道長《ふじわらのみちなが》や紫式部《むらさきしきぶ》の『源氏物語』に関係する場所がいい」と言うので、道長の別荘でもあり「宇治十帖《うじじゅうじょう》」（光源氏亡き後の薫《かおる》〈女三宮と柏木との子〉、匂宮《におうのみや》〈明石の姫君と東宮の子〉、そして浮舟《うきふね》の三角関係の物語）の舞台にもなった宇治の「平等院《びょうどういん》」界隈《かいわい》と紫式部が住んでいたと言われる「廬山寺《ろざんじ》」に行くことにした。

一日目は、名古屋駅から新幹線に乗り京都へ向かった。非日常の始まりとして、家では朝から飲めないビールを車内で飲みながら、千歳は車窓から景色を見たり、仕事の段取りなどを考えていたりしていた。妻がコーヒーを飲みながら話しかけてくるが、日常の他愛もない内容なので適当に相槌《あいづち》を打っていた。そうこうしているうちに「（チャイムのあとに）まもなく京都です……」と車内放送があり、降りる準備をした。準備と言っても千歳も千恵子もバッグ一つだけなので身軽だった。名古屋から約三十五分で京都駅に到着した。京都駅に着いたらＪＲ奈良線に乗り換え、途中宇治茶の茶畑を見たりしていると、二十分ほどで宇治駅に到着した。

宇治橋通り商店街を道なりに歩いていくと、宇治川の畔《ほとり》に出る。そこには「紫式部像」があり、像には紫式部の説明が記されてあった。また宇治橋について説明がある高札には「大化二年（六四六年）に初めて架けられた」とあり、ずいぶん昔からあったのだと思った。

ここは『源氏物語』の「宇治十帖」の舞台で、紫式部像の右手に見える平等院参詣《さんけい》

宇治橋の紫式部像

道を行けばすぐ平等院に到着する。

平等院は世界遺産になっており、また十円硬貨のデザインに採用されたり、一万円札の裏にも鳳凰堂の鳳凰《ほうおう》が採用されている（一万円札は令和六年の夏頃にデザインが変わるので当然裏面も変わる）。

拝観料を払って少し行けば「鳳凰堂拝観受付」があったが、ゴールデンウィークということもあり長蛇《ちょうだ》の列だった。待つことの嫌いな千歳は鳳凰堂の拝観を断念して池（阿字池《あじいけ》）の周りを回って鳳翔館《ほうしょうかん》へ行くことにした。

池の周りには桜が植えてあったが、この時期では既に葉桜になっていた。代わりに鳳凰堂を右手に見てその左手側には藤棚があり藤がきれいに咲いていた。

鳳翔館には鳳凰堂が模写され復元されており、極楽浄土から迎えに来る阿弥陀《あみだ》様や菩薩《ぼさつ》達の様子が表現されていた。

この図は極楽浄土へ行くためのイメージである。比叡山《ひえいざん》の横川《よかわ》の塔頭《たっちゅう》の一つで、恵心院《えしんいん》に住んでいた僧都源信《そうずげんしん》（?～一〇一七年）の『往生要集』に描かれた浄土のイメージが奈良の當麻寺《たいまでら》にあり、通称「早来迎《はやらいごう》」と言われている。源信は『源氏物語』の五十三帖「手習《てならい》」に出てくる「横川の僧都」のモデルとも言われている。早来迎は天上人達が楽器を奏でながら雲に乗って迎えに来る（鳳翔館に描かれているのはまさにこの図）が、生前の行いにより迎え方が違う。最低の「一の下品下生《げぼんげしょう》」は迎えに来るのが蓮の台だけ。三番目では音楽はまだなく阿弥陀様と二人の菩薩の迎えになる。最上「九の上品上生《じょうほんじょうしょう》」では阿弥陀様と多くの菩薩達が楽器を奏でながら迎えに来る。この時代の人達はこんな極楽浄土へのイメージトレーニングをして臨終を迎えたのだと思う。これら以外にも阿弥陀様と五色の紐で繋がり浄土へ旅立ったこともあったようだ。『往生要集』にはもちろん地獄のことも書かれている。

平等院の名前は「仏の救済は平等」ということから来ている。また道長は奈良にある興福寺が氏寺で春日大社が氏神なので、年に数回京都と奈良を往復する必要があった。そのため、その中間点の宇治に別荘を建てて休憩した。千歳は平等院そのものより「なぜ道長は当時辺鄙《へんぴ》な宇治に別荘を建てたのだろうか？」と、その理由に興味があったが、疑問が解決した。

道長が亡くなって二十五年後に息子の頼道《よりみち》が別荘を「平等院」として建立《こんりゅう》した。平等院を参拝し、時間もだいぶ経ってきたのでもと来た道で宇治橋まで戻り、橋を渡りながら、「浮舟が入水《じゅすい》自殺（五十二帖「蜻蛉《かげろう》」）したとされるのはたぶんこの付近だと思うが、どうして比叡山の僧都に発見されたのだろう。普通なら川下の海の方へ流されるのになあ」などと、理系の頭で考えてしまった（宇治川は琵琶湖を水源とし天ヶ瀬ダムまでを瀬田川、そこから宇治川となり、桂川・木津川と合流して淀川になり、大阪湾に流れ着く。ここで面白いと思ったのは、一本の川で名前が瀬田川と宇治川になっていることだ。普通は支川が本川に合流して名前が変わるが、瀬田川と宇治川は天ヶ瀬ダムを境に名前が変わっている）。

橋を渡りながら「そんなことはどうでもいいことか。比叡山の僧都が修行か何かの用事でこちらに来ていたのかもしれないし、そもそも『モノガタリ』なのだから」と思ったら、妙に納得した。一方で、五十三帖「手習」では、浮舟は入水自殺したのではなく、「三角関係に悩み、苦悩の果てに山荘をさまよい出て、意識不明のまま倒れているところを初瀬寺（奈良の長谷寺）に参詣した帰りの横川の僧都に助けられた」とある（円地文子『源氏物語』）。

橋を渡って創業永暦元年（一一六〇年）という「通圓《つうえん》茶屋」で休憩した。ここには秀吉が利休に作らせたという「桶」があった。この桶で城まで水を運んだという。

通圓茶屋で昼食、と言っても抹茶蕎麦ぐらいしかないので、千歳も千恵子も抹茶蕎麦を注文して食べた。千恵子は千歳の考えていることなどお構いなしに話しかけてくるが、千歳は相槌を打つだけで、言葉は右の耳から左の耳へ抜けていった。ここでも二人の関係は水や空気の関係か？

次は「宇治市源氏物語ミュージアム」に行った。道路に大きな案内看板があり、迷うことはなかった。

『源氏物語』の登場人物は四百人以上、文字の数は約百万字、和歌八百首から成る。百万字というと四百字詰め原稿用紙にビッシリ書いて二千五百枚になる。和歌もすべて自分で考えたのだと思うとただただ驚嘆するばかりだ。千歳は自分と比較するのもおこがましいのだが、自分などはこの原稿を書くだけでも何回訂正したことか。紫式部は紙の貴重だった時代にたった一人で『源氏物語』を書いたというから凄いと思った（一人で書いたのではない、という説もあるようだが、現在では一人説が定説になっている）。

ここもゆっくり見れば二時間ぐらいはかかると思うが、時間の制約もありのんびりとは見学できないが、千歳の視線がある一点に釘付けになり、しばらく立ち止まって見ていた。それは、平安貴族女性が囲碁をしている絵であった。千歳も囲碁は「下手《へた》の横好き」で高段者ではないが、碁席などでは自称二段で打っている。もしこの女性と自分が対局したらどっちが強いのだろう？　平安貴族の女性は、外出はせず室内にいて漢文の勉強や囲碁・双六・貝合わせなどをしていたそうなので、意外と強かったのかもしれない。そう思うと無性に対戦してみたくなったが、なんせ千年も前の人達なので叶うはずもない。そんなことを考えていたら千恵子が「いつまで見ているの」

と声をかけてきて、現実に引き戻された。

源氏物語ミュージアムを早々に切り上げて通圓茶屋まで戻り、左手の道（朝霧通り）を進んで行くと左側に大きな松の木があり、それを左（中央に石畳がある道）に石畳沿いに行けば、世界遺産「古都京都の文化財」の構成資産の一つである宇治上神社に着く。途中、宇治神社や『源氏物語』の四十八帖「早蕨《さわらび》」の所縁《ゆかり》の場所もあったので立ち寄ってみた。

宇治神社と宇治上神社はもともとは一つだったのが明治時代に分離し宇治神社と宇治上神社になった。両神社の建立は鎌倉時代となっているが、祭神の「菟道稚郎子《うじのわきいらつこの》命《みこと》」は第十五代応神《おうじん》天皇の皇子で、『日本紀』によれば四世紀から五世紀にかけて存在したと推定される。紫式部がいたのは西暦一〇〇〇年前後なので、この時代には宇治神社はあったと思われる。

宇治神社は「見返り菟」が有名だが、その由来は「菟道稚郎子命」が河内の国から宇治へ向かう途中で道に迷っていた時に一匹のウサギが振り返りながら道案内をしたという言い伝えから来ている。「菟道稚郎子命」は幼い時から聡明だったので学業・受験合格の神様として崇《あが》められている。なお、「菟道稚郎子命」は兄「仁徳天皇」に皇位を譲るため自殺した。また「菟道」という地名がなまって「宇治」に転化したと言われる（これは新発見だった）。

早蕨について説明してある高札には、「山の阿闍梨《あじゃり》（高札には「あざり」とふりがながあった。阿闍梨とは高僧のこと）から蕨や土筆《つくし》が贈られてきた」とあった。また中《なか》の君《きみ》が姉の大君《おおいぎみ》や亡き父君（八の宮・源氏の異母弟）の追憶をし、そしてまた中の

『源氏物語』四十八帖「早蕨」ゆかりの地

君が匂宮に引き取られたことなどが記されていた。

さて、夕方になってきたので、もと来た道を京都駅まで戻り、京都駅近くの予約したホテルに行きチェックインした。ひとっ風呂浴び、近くの居酒屋で千恵子とビールで乾杯した。

千歳は夜中にトイレへ行き、ホテルの冷蔵庫にあったペットボトルの水を飲みながら南西の空を見ると、そこには三日月（正式な「受け月」ではないが、受け月に似たような三日月）が出ていた。以前読んだ本に「受け月に願い事をすると叶えられる」というようなことが書いてあったのを思い出して「『源氏物語』に出てくる貴族女性と碁が対戦できますように」と祈った。千歳は自分でもそんなことはできるはずがないと思いながら、苦笑《にがわら》いして再びベッドに入った。

二日目は御所のすぐ東にある紫式部が過ごしたと言われている廬山寺に行く予定だ。

朝起きて軽くシャワーを浴び、ホテルの値段の高い朝食をいただく。千恵子は「コンビニのおにぎりでも買って済まそう」と言ったが、千歳が「滅多にないことだからたまにはいいんじゃない」と言って、ホテルの高い朝食と高いビールの朝飲みになった。

食事が終わり部屋へ戻って、さあ出発だ。

千歳は久しぶりの京都だったが、土地勘がまだあった。それは学生時代に覚えた京わらべ歌の歌詞が頭に入っていたからだ。ちなみに、歌の一番は京都の東西の道で北から、「まる　たけ　えびす　に　おし　おいけ　あね　さん　ろっかく　たこ　にしき　し　あや　ぶっ　たか　まつ　まん　ごじょう」だ。これで丸太町から五条まで。二番は南北の通りで東から、「てら　ごこう　ふや　とみ　やなぎ　さかい……じょうふく　せんぼん」。これで寺町通りから千本通りまでを歌っている。

廬山寺へは地下鉄の烏丸《からすま》線で丸太町駅まで行き、そこから徒歩になる。御所の南側から東側を歩いて行っても廬山寺へは行けるが、せっかくなので御所の西を通って蛤《はまぐり》御門をくぐって行くことにした。蛤御門には明治維新の「禁門の変（蛤御門の変）」の戦跡があり、門の柱には当時の銃弾の跡がまだ生々しく残っていた。

この「蛤御門」の名前の由来は、それまで閉ざされていた門が江戸時代の大火の時に初めて開かれたため「焼けて口開く蛤」の譬《たと》えで「蛤御門」と呼ばれるようになった。

少し歩いていくと、左手に建礼門《けんれいもん》がありその奥に内裏がある。内裏の中には、平安京内裏の正殿《せいでん》である紫宸殿《ししんでん》や、蹴鞠《けまり》や相撲《すもう》などが行われた仁寿殿《じじゅでん》、さらにその奥には『源氏物語』に出てくる弘徽殿《こきでん》・麗景殿《れいけいでん》、また定子《ていし》や清少納言《せいしょうなごん》のいたとされる登華殿《とうかでん》や、桐壺の住んでいた淑景舎《しげいしゃ》、また藤壺の住んでいた飛香舎《ひぎょうしゃ》などがある。千歳は立ち止まり、場所は移転前の内裏だが、藤原一族の権力争いや天皇をめぐる後継者争いなどがここで繰り広げられたのだと思った。千歳はこの時、ふと思った。いらぬ心配だが、道長は近親婚による弊害は考えていなかったのだろうか。長女・彰子《しょうし》を一条天皇に（一条天皇は道長の次姉・詮子《せんし》の子供なので従兄弟《いとこ》結婚）、二女・妍子《けんし》を三条天皇に（三条天皇は道長の長姉・超子《ちょうし》の子供なのでこれも従兄弟結婚）、三女・威子《いし》を後一条天皇に（後一条天皇は彰子の子供なので叔母と甥の関係）嫁がせている。父親の兼家も娘二人を天皇に嫁がせた（長女の超子を冷泉天皇に嫁がせ、その子供が三条天皇。二女の詮子を円融天皇に嫁がせ、その子供が一条天皇）。兼家も道長も天皇の外戚となって権力を手に入れたが、近親婚による弊害は心配しなかったのか？

失礼ながら猿やライオンでも動物の雄はある程度の年齢になると近親婚を避けるため、群れから強制的に追い出される。猿やライオンでも本能的に分かっていることを、天皇や藤原一族が知らないわけがないと思うが、それ以上に権力が欲しかったのだろうか。千歳は以前「道長は権力欲にはあまり執着していなかった」というようなことを、何かの本で読んだような気がした。道長は摂政や関白でなくても内覧《ないらん》（摂政・関白に準ずる職）でいいと思っていたようだ。孫の敦成《あつひら》親王（彰子の子）が後一条天皇になった時に摂政になっているが、一年足らずで息子の頼道に摂政を譲って自分は出家している。

千歳はまた、近親婚でネアンデルタール人のことも思い出した。現在の我々はホモサピエンスの末裔だが、大昔にはアフリカ大陸にホモサピエンス、ヨーロッパにネアンデルタール人がいたという。アフリカは気候がいいので食べ物に困らなかったため、ホモサピエンスの部族間での結婚ができ、近親婚が回避されていたそうだ。一方、ネアンデルタール人はヨーロッパの厳しい気候のため食料がなく、娘を他の部族に嫁がせる余裕がないため近親婚になったという。近親婚を長い間続けるとその部族は滅びるそうで、そのためネアンデルタール人は滅びた、というようなことをテレビで放送されていたのを思い出した。そんなことを思っていたら千恵子に「行くよ！」と言われ、建礼門をあとにした。

少し歩いて行くと右手には仙洞《せんとう》御所、さらに行くと左手に見逃してしまいそうな高札があったので読んでみると「藤原道長の邸宅跡」とあった。「この世をば　わが世とぞ思ふ　望月の　欠けたる　ことも　なしと思へば」という、この有名な歌も三女・威子が後一条天皇の中宮《ちゅうぐう》（天皇の第一位の妻）となった祝いの宴の二次会をこの場所でやり、その時に詠まれた歌と書いてあった。また後一条天皇や後朱雀《すざく》天皇も、ここで生まれたともあった。そんなに歴史的に有名な場所ならもっと大きく案内すればいいのに、と思った。なにげなく歩いていると、気づかずに通り越してしまう。

東京でもなにげない場所に、歴史的に有名なものや人にまつわる石碑や高札がチョコンとあり、「えっ、こんなところにこんなのがあるの！」と感動した覚えがある。例えば、「本因坊屋敷跡」や、坂本冬美が歌っていた『夜桜お七』の「置いてけ堀」、また柴又帝釈天の近くで、細川たかしが歌っていた『矢切りの渡し』の渡し場なども、「えっ、こんなところにあるの！」と、驚いたことがある。

御所を抜けると清和院《せいわ》御門で、さらに左（北）へ行けば道路のすぐ向かいに廬山寺がある。

廬山寺と先程の「藤原道長の邸宅跡」は目と鼻の先。歩いても数分だ。この時代は身分が違えば子供同士で遊ばなかったかもしれないが、もしかしたら道長と紫式部は会っていたかもしれない（ＮＨＫの大河ドラマでは二人は「三郎」と「まひろ」になっていた。道長は紫式部より四歳年上）。

盧山寺は紫式部が過ごした場所として有名で、庭には初夏になると桔梗《ききょう》が咲くそうだが、ゴールデンウィークのこの時期にはまだ咲いていなかった。

この庭は、紫式部がここに住んでいたということで、盧山寺が「源氏庭」として作庭したという。だから紫式部が見た庭の景色と今の庭の景色は違っていたと思う。

また、盧山寺は明智光秀《あけちみつひで》の所縁の寺でもあり、光秀の「念持仏《ねんじぶつ》」もある（通常は非公開）。明智光秀の家紋は桔梗であり、桔梗の花は紫なので紫式部が好む紫色の花を植えたのかなと思ったりした。

盧山寺には山門が二つあり、南側の山門には「紫式部邸宅址」、北側の山門には「天台圓浄宗　大本山　盧山寺」とあった。また、沿革によれば盧山寺（盧山天台講寺）は「……船岡山あたりにあったのを天正〇年（数字が消えていたので不明だが、天正は西暦一五七三年から一五九二年までなのでその十九年の間だろう）に現地に移転……紫式部の曾祖父にあたる権中納言《ごんちゅうなごん》藤原兼輔《かねすけ》（堤《つつみ》中納言）がこの地に邸宅を構えたのが始まりで、源氏庭と称する庭に咲き誇る桔梗が美しく庭園美を醸《かも》しだしている。紫式部はこの地で育ち、結婚生活を送り『源氏物語』を執筆したのである。」と書いてあった。

　廬山寺はもともと船岡山（大徳寺の南にある小高い山）の付近にあったのが、一五八〇年頃にこの地に移転してきたのだという。船岡山の北の道・北大路通りは、船岡山から東に緩い下り坂になっている。また、船岡山から西の金閣寺方面も緩い下り坂になっている。廬山寺の「廬山」は中国江西省にある名山で景勝の地・仏教の霊跡であり、香炉峰の古寺がある、また「廬山の真面目《しんめんもく》」という言葉もあるが、意味は「きわめて複雑雄大で計り知れない真相のたとえ」とのこと（『広辞苑』より）。

　紫式部は西暦一〇〇〇年前後に生存していたので、紫式部の何代かあとに廬山寺が現在の地に移ったのだろう。

　また廬山寺は天台宗の系統なのだということも分かった。拝観受付にある紫式部の座像の説明には「結婚生活を送り『源氏物語』を執筆」とあるが、当時は男性が女性の家に通う「通婚《かよいこん》」だったので、今のような新婚生活とはイメージが違う。夫の藤《ふじ》原宣孝《わらののぶたか》との結婚生活は短く（三年ぐらい）、娘の賢子《けんし》が生まれてすぐに宣孝は疫病で亡くなった。『源氏物語』を執筆したのはそのあとなので、「結婚生活を送り『源氏物語』を執筆」というこの表現には少々違和感を覚えた。

紫式部は当時としては晩婚（二十九歳頃）で、理由については分からないが、『源氏物語』二帖「箒木《ははきぎ》」の「雨夜の品定め」で妻にしたくない女性として、藤式部の丞《じょう》が語る「賢女ぶる学者の娘」「ニンニクを食う女」を紫式部自身に当てはめているのではないか。また道長の妾であったことも婚期が遅れた理由の一つかもしれない。さらにもう一つ考えられるのは、紫式部は幼い時に母親を亡くしているので父親や弟の面倒をみなければならなかったことも影響していたとも考えられる。

姉もいたのだから姉と一緒に面倒をみればいいと思うが、姉は幼くして亡くなったという説もある。また『紫式部日記』に出てくる「方違《かたたが》え」（「方違え」とは目的地の方角が悪いと、方角のいい方向に泊まって、それから目的地へ行くこと。現在でも引っ越しなどで日がらが悪いといい日に少し荷物を運んだりする）で姉妹の寝室に忍びこんだ男のことが書いてあるので、この時までは生存していたという説もある。千歳は「幼くして亡くなった」という説を支持している。理由は姉の存在が日記にも『源氏物語』にも出てこないことと、「姉妹の寝室」とある「姉」は千歳の勝手な推測では姉のように慕っていた人（大河ドラマ「光る君へ」に出てくる「さわ」）ではないかと思うからだ。この人は紫式部が越後へ行った時と同じぐらいの時に九州へ行き、そこで亡くなっている。また瀬戸内寂聴《せとうちじゃくちょう》さんの『源氏物語』（講談社）には「方違え」で姉妹の寝室に忍びこんだ男は、のちに紫式部の夫となる「藤原宣孝」とあった。

夫の宣孝とは年齢《とし》が親子ほど（二十歳ぐらい）も離れていて、宣孝には既に三人の妻がいた。紫式部と宣孝は遠い親戚（四代前が兄弟）だったが、宣孝が猛烈にアタックしたと言われている。

NHKの大河ドラマで、紫式部が夫の宣孝に灰をかぶせるシーンがあったが、これは『源氏物語』三十一帖「真木柱」に出てくる髭黒《ひげぐろ》の大将が心を病んだ北の方（奥さん）に灰をかぶせられる場面と重なる。

盧山寺の拝観受付そばに金色（金色と言っても鈍い金色）の紫式部の座像があり、その説明によると「……父が兄に漢文を教えていたところ、そばで聞いていた紫式部がすぐに覚えてしまい……」とあった。えっ、お兄さんがいたの？　というのが千歳の素朴な疑問だ。千歳の知る限り紫式部の兄弟姉妹は姉・紫式部、弟・惟規《のぶのり》、それと異母弟妹だ（この当時は「一夫一妻多妾《たしょう》」が普通で異母弟妹はごく普通のことだった）。『源氏物語』二十七帖「篝火《かがりび》」にも、柏木が腹違いの姉とも知らずに玉鬘《たまかずら》に恋心を抱いていた。

『源氏物語』七帖「紅葉賀《もみじが》」には老女官（源典侍《げんのないしのすけ》）とたわむれているところを頭《とう》の中将に見つかり……とあり、解説には源典侍のモデルは兄嫁ではないかとあったので兄がいたのかもしれない。真実は分からない（あとで分かったことだが「兄嫁」は義姉、夫の宣孝の兄嫁だとのテレビ解説があった。二〇二四年十月四日ＮＨＫ総合「ザ・プロファイラー」でフェリス女学院の三田村雅子さんの説明による）。

またこの時代の「兄」の表現だが、人気予備校講師の荻野文子《おぎのあやこ》さんの著書『キーワードで味わう平安時代』（Gakken）によれば、「親しい情を感じる男性をすべて『兄』と言った。つまり、兄の意味でも弟の意味でも使う」とあったので納得。ナンダ、呑み屋のお姉さんが年上でも年下でも「お兄さん」と言っているのと同じか（笑）。

また紫式部という名前も、当時の女性には基本的に名前は公には付けられていなかったので、祇候名《しこうな》（姓と父兄の官職名を組み合わせた名前）で呼ばれていた。例えば紫式部なら父親が「藤原為時」で「式部丞」だったので「藤式部」、清少納言は父親が「清原元輔」で少納言だったので「清少納言」などと表現されていた。紫式部と呼ばれるようになったのは、『源氏物語』を執筆し宮中で読まれるようになってからだ。千歳は犬や猫でも名前があるのに、この時代の女性はかわいそうだと思ったが、国学院大学教授の佐藤長門さんによれば、名前はあったがその当時の女性が他人に下の名前を明かすということは求婚を受け入れるということなので、公には名前が載っていないという（二〇二四年七月九日ＮＨＫ「智恵泉」での発言）。ＮＨＫの大河ドラマ「光る君へ」のヒロイン「まひろ」は正式な名前ではなく、制作統括責任者の内田ゆきさんが付けた名前だ。正式な名前は「香子《きょうこ》」（または香子《かおるこ》）という説が有力。

廬山寺の庭をながめながら、こんなことを考えていた千歳だった。

桔梗の咲く頃にまた来ようと思った。今度は一人で。

廬山寺をあとにして鴨沂《おうき》高校とグラウンドとの間の道「荒神《こうじん》口通」に「法成寺《ほうじょうじ》址」という石碑があった。法成寺は道長が寛仁《かんにん》三年（一〇一九年）に出家したその翌年に落慶供養したお寺だ。道長が出家して

法成寺址

法成寺を建立したのは「今までの罪滅ぼしのため」という説もある。当時は相当立派なお寺（東京ドームぐらいの大きさで、約一万七千坪）だったが、度重なる火災や地震でかなりすたれ（『徒然草《つれづれ》』）、無量寿院の炎上をもって消滅したと説明してあった。

時計を見ると、もうお昼近くになっていた。地下鉄丸太町駅まで行く途中に「新島《にいじま》襄《じょう》（同志社大学の創設者）旧邸」があり、ここでも思わぬ発見があった。

地下鉄の駅付近でラーメンを食べ、名古屋へ帰るには早すぎるので千恵子に予定を相談した。「お父さんに任せる」とのことなので、「紫式部が産湯《うぶゆ》を使った」と伝えのある、大徳寺の塔頭の一つ「真珠庵」に寄るのもいいかと思ったが、ここは非公開だということを思い出した。次に「石山寺」も考えたが石山寺は京都駅まで行き、そこからまたＪＲで石山駅まで行き、さらに私鉄に乗り換えなければならないので時間的に無理と判断し、清水寺《きよみずでら》へ行くことにした。清水寺も紫式部とは縁があるお寺だ。紫式部が宮中で中宮の彰子に仕えていた時に、中宮の病気平癒《へいゆ》をこの清水寺で祈願《きがん》したという。

当時は清水寺へは松原橋を通って行くのが普通だったそうなので、松原橋から行くことにした。

地下鉄で烏丸五条駅まで行き、そこから徒歩になる。地下鉄を降り五条通りを東へ歩き、河原町通りを過ぎればすぐに「五条大橋」が見えてくる。牛若丸と弁慶が戦っている石像が橋の西側の中央あたりにあり、そこを左（北）へ行けば「松原橋」がある。

松原橋の入り口にある説明の高札には、次のようにある。

「松原橋は平安時代の五条大橋であり、……清水寺への参詣道でもあったことから

五条大橋、牛若丸と弁慶の石像

人の往来が多く……都の目抜き通りであった。元来この橋に架かっていた橋が五条橋であり、通りの両側に見事な松並木があったことから五条松原橋と呼ばれていた。安土桃山時代、豊臣秀吉が方広寺大仏殿の造営にあたり……六条坊門小路（現在の五条通り）に架け替え五条橋と称した。そのためこの地の橋の名前から『五条』が外れ以後松原橋と呼ばれるようになった。……伝承的に歌われている牛若丸と弁慶の決闘『京の五条の橋の上』は当地のことを指す。またこの橋を東へ進むと清水寺に行き着くが、途中冥界《めいかい》へ通じるといわれる井戸で有名な六道珍皇寺《ろくどうちんのうじ》がある。……」

これを読みながら、今の五条大橋は秀吉が作ったのだということ、牛若丸と弁慶の戦いは先程見た五条大橋ではなくこの松原橋だったことを知り、牛若丸と弁慶は松原橋で戦ったが、その当時は当然車もない時代なので、橋幅は牛車《ぎっしゃ》が通れる程度の狭さだったと思う。年代が違うが歌川広重の「東海道五十三次・三条大橋」の絵の橋幅は数メートルなので、多分それぐらいの橋幅だったと想像する。『平安京百景』（公益財団法人京都市生涯学習振興財団）によると当時の松原橋までは五条大路なので道幅は八丈（約二十四メートル）になる。牛若丸と弁慶は狭い松原橋と広い五条大路を行ったり来たりして戦ったのだと思った。

そもそもどうして牛若丸は鞍馬寺から夜な夜な都へ出てきたのだろう？　鞍馬から松原橋まで大雑把にみて十五キロぐらいある。片道四時間もかけて何をしに来ていたのだろうかと思った。学生時代に口の悪い友達が「そんなのは女を買いに来たに決まっている」と言ったのを思い出した。そういえば付近には五条遊郭があった。ただし、牛若丸の時代に遊郭があったかどうかは定かではない。

平安時代は見事な松並木があったかもしれないが、現在は当時を偲ぶような松は一本もなかった。

松原橋を渡って東へ歩いて行くと緩い上り坂になり、途中右手に「六波羅蜜寺《ろくはらみつじ》」の案内がある。ここは口から仏様を出している空也《くうや》上人《しょうにん》で有名だが、今回は時間の都合で寄ることができなかった。さらに清水寺方面へ少し歩いて行くと左側に「幽霊子育て飴《あめ》」という飴屋さんがある。なんでも「妻を葬《ほうむ》ったあと（昔はこのあたりを鳥《とり》辺野《べの》と言って死体を捨てていた場所だった）数日後に土中に幼児の泣き声がするので掘り起こしたら妻の産んだ子供だった。この子は高名な僧になり、この家で販売されていた飴を誰が言うともなく〝幽霊子育ての飴〟とか〝薬飴〟と言った」そうだ。このご利益にあずかるように、千歳も友達の孫用に一袋買った（『源氏物語』四帖に出てくる「夕顔」や源氏の正妻「葵の上」もこの鳥辺野に葬られたとある）。

このすぐ横に「六道珍皇寺」がある。

六道珍皇寺は小野篁《おののたかむら》のお寺で、寺域は葬送の地・鳥辺野の麓でその入り口付近にあることから、冥界との境「六道の辻」（六道とは地獄・餓鬼・畜生・修羅・人間・天）と称されている。お盆に帰る精霊《しょうりょう》は必ずここを通るとされている。冥土へ通じるという井戸が有名だ。

ここも時間の都合で通過した。

千歳は死後の世界にも興味があった。「本当に地獄や天国はあるのだろうか」とよく思う。千歳は、天国はあるような気がするが、地獄はないような気がしている。というのも、柔道で首を絞められて気絶した人は、息を吹き返した時に一様に「気持ちが良かった」と言う。だからそのまま天国へ行ってもたぶん、気持ちのいい状態で天国に行けるのではないかと思っている。もちろん首を絞められている時は苦しいが、それを過ぎて気を失えば脳からなんとかと言う幸せ物質が分泌《ぶんぴつ》され、気持ち良く天国へ行ける、というようなことを以前テレビで放送されていたのを見て、千歳は天国はあるような気がしている。だから死んだあとの顔はみんな穏やかでいい顔をしていると思う。千歳は現実にはそれほどたくさんの死に顔を見ているわけではないが、今までに見た「仏さん」はすべてと言ってもいいぐらいみんな柔和《にゅうわ》ないい顔をして亡くなっていた。

法然上人《ほうねんしょうにん》も親鸞聖人《しんらんしょうにん》も「南無阿弥陀仏《なむあみだぶつ》」と唱えればどんな悪人でも浄土（天国）へ行けると言っているが、千歳に言わせればそんなことを唱えなくても死ぬ時は脳から幸せ物質が出て極楽浄土へ行けると思っている。それはこの世界を創造した神様が、人間をはじめすべての生き物をそのような構造にしたのだと思う。牛でも馬でも、ライオンに追いかけられている時は本能的に逃げるが、捕まって気を失えば幸せ物質が出て天国に行けると思っている。これは爬虫類《はちゅうるい》のトカゲや蛇でも同じだ。こうして弱肉強食が行われ、世の中（世界）が回っているのだと思う。

千歳は百人一首に出てくる崇徳院《すとくいん》の「瀬をはやみ　岩にせかるる　瀧川の　われても末に　あはむとぞ思ふ」という歌が好きだ。「今は人に妨げられてあなたに会えないけどいつかは必ず一緒になろう」という意味だが、千歳はこれを「現世では結ばれなかったので来世では結ばれましょう」というふうに解釈している。そうすると、あの世へ行くのが楽しみにさえ思えてくる。昔流行《はや》った「天国よいとこ一度はおいで酒はうまいしねえちゃんはきれいだ……」という歌があったが、「あの世とはどんなところだろう？」「地獄はあるのだろうか？」などと考えるより、「あの世では好きだった人と結ばれるし、酒も美味《うま》くてねえちゃんもきれい」と楽しみのほうが勝るという気持ちを持って死を迎えたいと、千歳は思う。

一方で、地獄とはこの世の秩序を守らせるために考えられたのだと思っている。

「悪いことをすると地獄へ落ちるぞ」「嘘をつくと閻魔《えんま》様に舌を抜かれるぞ」と言って悪いことをさせないようにしたり、嘘をつかせないようにさせていたのではないか。

ではあの世で地獄がないのなら「悪いことをやったもん勝ち」かと言えばそうでもない。あの世に地獄はないけれど、この世で地獄を見る。地獄が夢に出てうなされて目が覚め地獄を見るのだ。他の人はごまかすことができても、自分自身はごまかせない。ちなみに、浮気をするとどんな地獄に落ちると思うだろうか。それは糞尿地獄だそうだ。「浮気は男の勲章だ」などと言っているお父さん、「糞尿地獄」ですぞ！

千歳はこんなことを考えながら、六道珍皇寺の山門からその奥にある本堂を見ていた。

六道珍皇寺を過ぎ清水寺方面へ少し歩いていくと、東山通りに出る。信号を渡りやや急な上り坂になってきた参詣道を行くと、両側には土産《みやげ》物屋さんや食べ物屋さんが軒を連ねている。途中左手に産寧坂《さんねいざか》（通常は「さんねんざか」と言っている）があり、坂のすぐ入り口に説明の高札があった。

「この坂を産寧坂といい四〇〇年以上も前からある有名な坂で、名前のいわれについては古くからいろいろな説があります。……清水寺の子安観音の塔に続く坂であるため産寧坂というのが一般的で、産は『うむ』寧は『やすき』という意味でこの坂を通って清水寺を参詣すると安産すると言われております。その他大同三年にできたので『三年坂』ともいい、また清水寺へ参詣した人がこの坂で再び祈願を深くするということで『再念坂』という説もあります」

説明を読んだ千歳と千恵子は「私達には

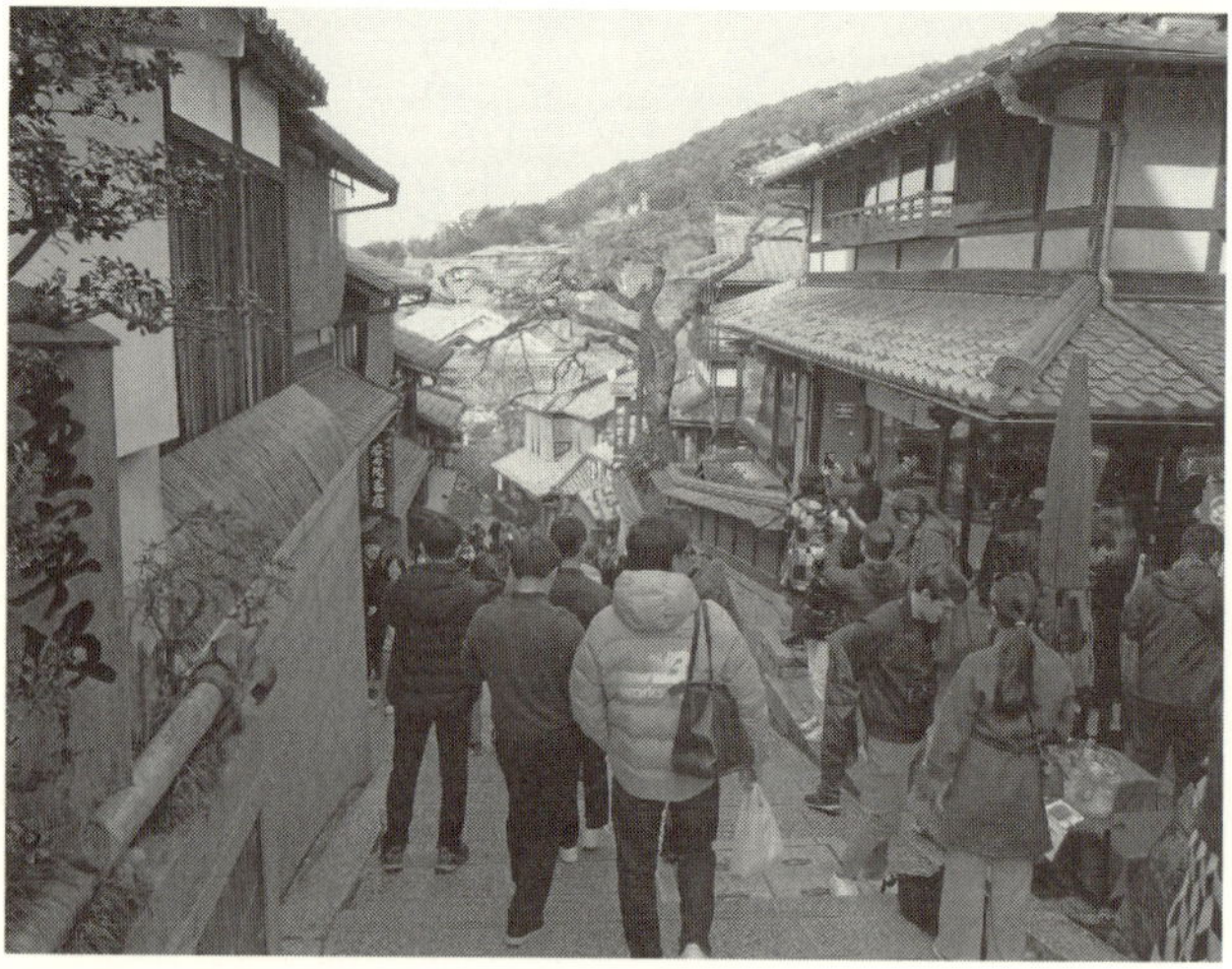

清水寺参道の産寧坂

関係ないな」と苦笑いした。以前テレビで「この坂で転ぶと三年以内に死ぬ」という噂を取り上げていたが、もちろんそんなことはでたらめで、千歳は「急な坂なので年寄りには手を貸してあげなさい」という意味に解釈している。今は若い人達ばかりが歩いているが、昔は年寄りが多かったのだろうと想像する。確かに急な階段だ。

清水寺と言えば「清水の舞台から飛び降りる」という諺《ことわざ》で有名なお寺だ。清水の舞台は「懸造り《かけづくり》」という伝統工法で造られており、舞台の骨組みには釘を一本も使用しない「継ぎ手」と呼ばれる工法で接合されている。確か石山寺もこの工法で造ってあったと記憶する。

この「清水の舞台から飛び降りる」は、何か大きな決断をする時に使う言葉だ。この当時の人達は観音信仰にあやかって病気平癒（親・子・配偶者など）を願掛けし、舞台の高さ約十三メートル（本堂からの高さは十八メートル）から飛び降りたという。成功すれば願いが叶い、失敗しても成仏《じょうぶつ》できると信じて清水の舞台から飛び降りた。中には傘をパラシュートのようにして飛び降りた人もいたらしい。成就院に残る記録によれば元禄七年（一六九四年）から元治元年（一八六四年）までの間に未遂も含めて二百三十五件あり、生存率は約八十五パーセントだ。十三メートルの高さと言えば、四十八階建ての東京都庁の高さが二百四十三メートルなので一階当たり約五メートルになる。十三メートルだと約二・六階なので、三階ぐらいの高さから飛び降りたことになる。飛び降りた人の中には、生きてはいたものの骨折したり捻挫したりした人もいただろう。もちろん今では飛び降りは禁止されている。

昔は病気になっても手術はもちろんできず、たいした薬もなかったので神仏にすがるしかなかったのだ。

千歳はなるべく薬を飲まないようにしているが、もし病気になって医者から見放《みはな》されても、もちろん死ぬ時は苦しかったり痛かったりすると思うが、昔の人がその苦しみや痛さに耐え我慢できたのに、同じ人間である今の自分が耐えられず我慢できないはずがない、と思っているが、痛みだけは、モルヒネなどの現代医学に助けてもらおうと思っている。天国へ行くのは「好きな人と結ばれるし、酒も美味くて、ねえちゃんもきれい」と思えばむしろあの世へ行くのは楽しみだとも思っている。

また清水焼は、清水坂界隈の窯で焼かれていた焼き物を指すそうだ。

清水寺の創建は西暦七七八年。京都に都が移されたのが七九四年なので、遷都以前にあったことになる。

清水寺の仁王門の両側に狛犬《こまいぬ》があるが、普通の狛犬は「阿吽《あうん》の狛犬」と言って片方が口を開け「阿」（物の始まり）を表し、もう片方は口を閉じ「吽」（物の終わり）を表している。だが、清水寺の狛犬は「阿阿」の狛犬で両方とも口を開けている。これはお釈迦様が「仏教の教えを大きな声で唱えている」ということだ。

「阿阿の狛犬」は奈良の興福寺にもある。

また清水寺の宗派は「北法相宗《きたほうそうしゅう》」だ。聞きなれない宗派だが、奈良の興福寺が「法相宗」で、清水寺は一九六五年に興福寺から独立して「北法相宗」となった（法相宗とはインド唯識《ゆいしき》派の思想を継承《けいしょう》する中国唐の時代の大乗仏教宗派の一つ。薬師寺も法相宗。法隆寺もそうだったが脱退した）。

仁王門のすぐ左手に清水寺の塔頭の一つ「首振り地蔵・地蔵院　善光寺堂」（江戸時代に造られたとのこと）がある。このお地蔵さんのご利益は「恋の成就《じょうじゅ》」と「お金に困らない」ことだという。このお地蔵さんは首が回る構造になっていて、好きな人の方に首を向けて（回して）願い事をするとその願いは成就すると言われている。また借金で首が回らなくなった人にも効果があるという。このお地蔵さんの頭巾《ずきん》を取って見てみると丁髷《ちょんまげ》があり、前掛けをめくると扇子《せんす》がある。これは祇園《ぎおん》の幇間《ほうかん》（いわゆる太鼓持ち）だった鳥羽八《とばはち》をモデルにしたとのこと。鳥羽八は男女の仲をとり持ったり、お金に困っている人を助けたり、面倒見のいい人だったようだ。

そこから少し行くと右側に「拝観受付」がある。拝観受付のすぐ向かいの「田村堂」は、清水寺の創建にかかわった人を祀《まつ》ったお堂だ。この「田村」は「坂上田村麻呂《さかのうえのたむらまろ》」で平安時代に桓武天皇から征夷大将軍《せいいたいしょうぐん》を任命され東北地方を平定した武将。この坂上田村麻呂が、清水寺の境内《けいだい》の山で病気の妻のため滋養のある鹿を弓矢で射止めた。ところが、延鎮上人《えんちんしょうにん》に「神聖な境内で殺生《せっしょう》するとは」と咎《とが》められ、反省した田村麻呂は「鹿間塚」を造って供養し、清水寺のスポンサーになったという。その功績で「田村堂」が建立された。田村堂には坂上田村麻呂をはじめ延鎮上人・行叡居士《ぎょうえいこじ》・三善高子《みよしのたかこ》（田村麻呂の妻）などが祀ってある。

さていよいよ清水寺の本堂にやって来た。本堂の舞台からは京都市内が一望でき、下を見ると結構高く感じる。ここから昔の人は願を掛けて飛び降りたのだと思うと、勇気があったなと思うと同時に病気平癒に必死だったのだとも思う。昔はたいした薬もなく、加持祈祷《かじきとう》で神仏頼みするしかなかったのだろう。かの紫式部も天皇の中宮「彰子」の病気平癒を清水寺に願掛けしたという。

ご本尊の「千手《せんじゅ》観音」は、秘仏のため拝見できなかったが「十一面千手観音菩薩」と「御前立《おまえだち》」により紐で結ばれているはずだが、暗くてよく分からなかった。係の人に聞いても分からないとのことだった。

不謹慎だが、千歳は「千手観音」を見るたびに「タコ」や「イカ」を思い出す。何となくイメージが似ているような気がして……。

また観音様にはひげ（ひげと言っても鯰《なまず》ひげのようなひげ）が生えていたり胸が少し膨らんでいるのもある。これは男でもない女でもない「中性」を表しているそうだ。

本堂を少し過ぎると左手に（清水寺の本殿の背後）に「地主《じしゅ》神社」がある。この日はあいにく工事中で、中には入れなかった。地主神社は一万年前の縄文時代からの聖地で、これも世界文化遺産だ。本殿に祀られているのは「大国主命《おおくにぬしのみこと》」。縁結びの神様で、本殿の前に二つの「恋占いの石」があり、目隠しをして片方の石からもう片方の石にたどり着いたら、恋は成就すると言われている。

「清水寺」があって「地主神社」がある。神仏混（習）合だが、昔はこれが普通だったと思う。明治政府になって井上毅《こわし》が「廃仏毀釈《はいぶつきしゃく》」をして仏教を「こわして」しまった。この背景には明治天皇の神格化があったようだ。

この地主神社は清水寺の本堂のすぐ後ろに位置しており、清水寺の本堂を参拝すれば地主神社も参拝できるようになっている。

本堂を過ぎて道なりに右へ歩いて行き、Ｕターンするように曲がるとすぐ左手に「子安観音」が見えてくる。ちょっときつい上り坂だが、そこから「清水の舞台」を写真に撮るといいらしい。プロのカメラマンお勧めの絶景スポットだ。

子安観音を過ぎて少し行くと右手に「音羽《おとわ》の滝」がある。この音羽の滝は清水寺の名前の由来にもなっている。清水寺の本堂の背後にある山が音羽山で、そこから清水《せいすい》が出てくるので「清水寺」としたとのこと。音羽の滝は、滝と言っても轟々《ごうごう》と水が落ちてくるイメージとは違い、頭の少し上の三本の水路から水が流れてきてそれを柄《ひ》杓《しゃく》で汲《く》んで飲む。もともとは多くの人に利用していただきたいとのことから、一本の滝を三本にしたそうだ。千歳の若い頃は、「右の滝は○○にいい（例えば声）」「真中の滝は△△にいい」「左の滝は○△にいい」という説明があったと記憶するが、今は特に説明はないようだ（人があまりにも並んでいて滝の下まで行って確認していないので分からないが）。

今の清水寺は「延命長寿・諸願成就」の寺とされている。まあ、某《なにがし》かのご利益があるということで人気があるのだろう。清水寺へ行ったらこのご利益にあずかってもらいたい。もともと水源が一本なので、水源を三つに分けてもご利益は同じということか。

ここで疑問がある。普通は神社仏閣の手水場《ちょうずば》は入り口付近にあり、ご本尊をお参りする前に手を洗い口をすすいで身を清めるが、清水寺はご本尊を拝んでから手水場（滝）になる。コースが逆のようだが、もしかしたら昔は「音羽の滝」→「子安観音」→「本堂」の順で参拝したのだろうか。

さて音羽の滝を右手に見ながら左へ回ると「舌切茶屋」がある。「舌切雀」でもいたのかと思ったらそうではなく、名前の由来には壮絶な物語があった。

清水坂に茶屋があり近藤正慎《こんどうしょうしん》という人がいた。清水寺の月照上人《げっしょうしょうにん》と懇意にしていたが、月照上人が西郷隆盛と深い付き合いだったため時の幕府に目をつけられ、西郷と一緒に薩摩まで逃げたという。そこで幕府は近藤正慎を捕まえ自白の強要をして拷問にかけた。近藤正慎はこのままでは自白してしまうかもしれないと思い、舌を噛み切って頭を柱にぶつけて自害したという。この功績に感謝してもともとは清水坂にあった茶屋を境内に出すことになり、名前を「舌切茶屋」としたそうだ。今は五代目の綺麗な娘さんが切り盛りしている。茶屋は三軒あるが、音羽の滝のすぐそば（滝見茶屋？）とこの舌切茶屋、それともう一軒は舌切茶屋を過ぎたところにある。さて、道なりに歩いて行けば、往路に来た仁王門の前に出る。帰りは下り坂なので楽だ。次の目的地により産寧坂を北へ高台寺・八坂神社方面へ行ってもいいし、そのまま下って東山通りへ出てバスに乗って次の目的地へ行くのもいい。千歳達は東山通りに出てバスで京都駅まで行き、新幹線で名古屋へ帰った。車中で千歳も千恵子もビールを飲んで、旅の疲れかウトウトとしていたら「次は新横浜です」というアナウンスでハッと目が覚めた。しかし時既に遅く新横浜まで行ってしまい、最後にこんな「オチ」があった、二日間の京都旅行だった。

## 二、御前試合

時代《とき》は平安時代。

藤原伊周《ふじわらのこれちか》（藤原道長《ふじわらのみちなが》の兄・道隆《みちたか》の子。道長の甥。道長と伊周では道長が八歳年上）は先の競べ弓（弓争い）で道長に完敗したので、その雪辱を晴らすため男の競技では道長に敵《かな》わないと思い、当時は貴族女性がたしなんでいた「囲碁」にて道長に一矢報おうと囲碁対戦を挑んできた。しかもお上《かみ》のご臨席する「御前試合」を提案したのだ。

さて、御前試合を前に伊周は「彼女なら負けないだろう」という秘蔵っ子、「清少納言」を登場させようと密かに画策していた。伊周と清少納言は伊周の姉の定子が宮中へ嫁いだ時に定子の女房（この時代の「女房」の意味は「世話をする人」という意味で定子の家庭教師のようなことをしていた）をしていた女性なので、伊周もよく知っていた。

伊周から囲碁対戦を挑まれた道長は、御前試合ということもあり最初は断っていたが、伊周の執拗な挑戦に断りきれず、受けることになった。

御前試合は双方の面目・名誉を賭けた対局なので、道長は人選に苦慮した。

道長は道長の愛人でもあり負けず嫌いで知性もある「藤式部《とうのしきぶ》」（中宮彰子の女房である紫式部。紫式部という名前は『源氏物語』を執筆してから）に白羽《しらは》の矢を立てた。

シャイな藤式部は当然断ったが、道長の再三の要請に押し切られるように引き受けた。

こうして「清少納言」と「紫式部」の世紀の対局が行われるのであった。

【参考】『大鏡《おおかがみ》』の「競べ弓」

大雑把に説明すると、道長と伊周がお互いに五本の矢で的《まと》を射るが、道長は五本当たり、伊周は三本で二本は外れた。伊周の父親である道隆やそのおつきの者達が

「もう一本やりなされ」と言い、道長は「自分の家から帝や后が出るならこの矢当たれ！」と言って弓を射ると見事に命中した。伊周は動揺して手が震え、的から大きく外してしまった。道長がもう一本「道長が摂政・関白をするならこの矢当たれ！」と言って弓を射るとまた見事に的に命中した。ここで道隆が「もう、やめろ！」と制したと『大鏡』（作者不詳）に記されている。

『大鏡』では道長が「入道殿」（出家後の道長の名前）と言われているが、道長が出家したのは五十四歳の時で道隆とは十三歳の年齢差があるので、この時の道隆の年齢は六十七歳になってしまう。道隆は長徳元年（九九五年）に四十三歳で亡くなっているので矛盾している。道隆が亡くなったあとに「長徳の変（花山院奉射事件）」があり、この変を境に運が道長に向いてきたように思われる。

【参考】長徳の変

長徳元年（九九五年）の道隆死亡後、伊周は藤原為光の娘「三の君」に通っていた。長徳二年に花山法皇が「三の君」と同じ屋敷に住む「四の君」に通いだしたので、伊周は自分の相手の「三の君」に通っていると誤解し、さがなもの（乱暴もの）の弟の隆家に相談した。すると隆家は従者の武士を連れて法皇の一行を襲い、法皇の袖を弓で射抜いた。法皇は出家の身での「女通い」が露見する体裁の悪さのため口をつぐむが、この事件の噂が道長の耳に入り道長に利用されてしまった。隆家は出雲《いずも》権守《ごんのかみ》に左遷、伊周は禁止されている呪詛をしたとして太宰《だざい》権帥《ごんのそち》に左遷させられた（伊周と隆家はともに一年後に恩赦により都に戻るが、その後隆家は眼病治療のため、良い薬や良い医者のいる九州の太宰府に赴任。そこで中国から来た「刀伊《とい》」を撃退するという功績を残している）。

この「長徳の変」は伊周や隆家の姉である一条天皇の中宮「定子」の落飾の遠因ともなった。

御前試合の立会人には道長の姉で、伊周の伯母でもある詮子（六十四代円融天皇の妃・一条天皇の母親）が選ばれた。

詮子は道長からも伊周からも信頼され人望も厚く、立会人にはうってつけだった。

この時代の囲碁には各自の持ち時間とか互先《にぎり》（どちらが黒でどちらが白かを決めること）やコミ（囲碁は先手の黒が有利なのでそのハンディ）などという観念はなく、何時間でも、ひどい時には何日も打ち掛け（碁の途中）で放置しておく碁もあった。

詮子は、従来のように何時間もかけて打ったのではお上に申し訳ないと思い、持ち時間を決めた。もちろん当時に対局時間を計る手合い時計などなく、詮子が考えたのは、二本の竹筒を用意し、竹筒に細い穴を開け上から同じ量の水を入れて手番の方の水は詮を抜き、手番でない方の水は詮をして、その水が先になくなった方が「時間切れ負け」にするという方法だ。

もちろん本番前に入念に試して「これで公平だ」というところまで二つの竹筒の穴を調整し、各自の水の量は一升マスに一杯・四半時分《しはんときぶん》（今の時間で言えば三十分。普通に打てば一時間ぐらいで終局になるので妥当な時間か）とした。

試合は蹴鞠や相撲なども行われていた内裏の仁寿殿で行われ、当日御前試合に列席できたのは、帝はもちろんだが、それ以外は立会人の詮子と水係（時計係）二人だけだった。道長や伊周が対局場にいると対局者が対局に集中できないということで、二人は場内には入れず、紫宸殿の南にある広場で待機し結果を待つことになった。

試合前にどちらが黒（白）を持つか決めなければならないが、この時代には先程書いた「にぎり」という概念がなかったので、習慣的に行われていた年長者である清少納言が白になり藤式部が黒になった。双方これで納得した。

藤式部も清少納言も、天皇の前で天皇の息づかいも感じる位置での対局に緊張していた。

藤式部は以前安倍晴明《あべのせいめい》から聞いていた「宇宙」という概念が心に残っていたので「黒を持っても白を持っても星（碁盤に付いている九つの点）に打とう」と思っていた。

立会人の詮子の掛け声で対局が始まり、藤式部の竹筒の詮が開けられ水が糸を引くように流れ出した。藤式部は目を閉じ深呼吸をして、左手で右の袂《たもと》を押さえ、黒石を人差し指と中指で挟み、右手は柳のようにしなやかに、そして気合を込めて石音高く

「パッチン」と、第一着を碁盤の中央にある星（天元）に打った。静寂の対局場に藤式部の「初手天元《しょててんげん》」が打たれると、御簾《みす》越しに見られていた帝も初めて目にする初手天元に「おっ」と感嘆の声を上げられた。

藤式部の水は止められ、今度は清少納言の竹筒の水が開けられた。清少納言は予想外の藤式部の初手天元打ちに戸惑い、時間を使うのだった。

二手目、清少納言は親指と人差し指で白石をつまみ、静かに音もなく左上隅「はの三」に置いた（現代で言えば三々。この当時は今のようにアラビア数字はなく、横に「いろはにほ……」、縦に「一二三……」と表現されていた。また「はの三」などの表現は黒から見た左上からのもの）。

※古碁の棋譜には縦にも横にも数字や文字の記載はありませんが、イメージしやすいように「いろは……」とか「一二三……」と書きました。

この二手だけでも、両者の意地と気合が感じられるのだった。

三手目、藤式部は右上星、四手目、清少納言は左下隅三々、五手目、藤式部は右下

隅星、こうしてこの時代では考えられない前代未聞の布石で打ち進められた。序盤・中盤と打ち進められ、藤式部の大模様対清少納言の実利の様相。藤式部は「いかにして模様を実利にするか」、清少納言は「いかにして模様を消すか」に苦慮していた。清少納言は初めて経験する布石に戸惑い、序盤で時間を多く使ってしまったが、中盤以降はさすが年長者だけあり素晴らしい打ち回しだった。

中盤の難解な局面で清少納言が持ち時間中に考えていると水係が「清少納言殿水切れです」と言った。立会人の詮子が確認すると清少納言の水はなく、清少納言の時間切れ負けとなり、藤式部の勝ちが決まった。

ご臨席の帝及び立会人の詮子、また水係の二人も清少納言と藤式部の健闘を称《たた》え、盛大な拍手を送った。二人には帝から恩賜《おんし》の扇子が贈られた。清少納言は帝の前では涙をこらえていたが、拍手を聞いて駆けつけた伊周の呼びかけには振り向きもせず、家に帰って泣き崩れた。

藤式部は新布石を御前試合という大一番に実戦で試み、結果としては時間切れ勝ちとなったが、内容的には互角の戦いだったと思い、この対局を紙に書いてしまっておいた（古碁の棋譜は百手を□、二百手を△、三百手を○、四百手を⊠と書いていた。例えば123手なら□二三、234手なら△三四など）。

## 三、夢の対局

土岐千歳は新課長ということもあり、忙しい毎日を過ごしていた。そんなある日曜日のニュースで、京都のお寺の蔵から囲碁の棋譜らしきものが見つかり、専門家の鑑定によれば平安時代に対局した「清少納言と藤式部の御前試合」の棋譜ではないかと報じられた。千歳は驚いた。京都の宇治市源氏物語ミュージアムで見た、あの貴族女性と思われる人の棋譜があるなんて信じられない気がした。エンジニアの千歳は、昨今のAIの発達はめざましく、もう人間を超えてしまっているので、「この棋譜をAIに覚えさせ、藤式部ならこう打つだろう、清少納言ならこう打つだろう」とAIにその人の癖《くせ》や特徴を覚えさせられないか、と考えた。そうすれば自分との対局も夢ではなくなるのではないかと。またAIが二人の棋力の判定もできるのではないかとも思った。この考えを発展させれば、よりたくさんの棋譜が残っている「本因坊秀《しゅう》策《さく》」とも対戦できるかと思うと楽しくて仕方がなく、棋譜を取り寄せさっそくプログラミングに取りかかった。

数カ月後にＡＩは完成し、藤式部も清少納言も実力は二段との判定が下された。千歳はまず藤式部と対戦した。ルールは現代と同じ、コミ六目半、持ち時間は各自三十分にした。

握って藤式部の黒番となった。藤式部は例の天元と隅の星打ち、千歳も星打ちで対抗した。

中盤以降が強い！　布石では現代布石の千歳がリードしたが、藤式部の中盤以降の読みは素晴らしいものであり、大石を取られて千歳の中押《ちゅうお》し負けになった。

次に清少納言と対戦した。握って千歳の黒番。千歳は右上星・左下小目・右辺星下の中国流。清少納言は例により三々打ち。この碁は千歳が終始リードし、千歳の逃げ切り勝ちになった。

こんなことをしていたら夢が膨らみ「次は秀策と打つぞ」と思った。秀策は強いので置碁になると思うが一番手なおり（勝ったら置き石を一つ減らし、負けたら置き石を一つ増やすこと）で打ち、最初は先《せん》（黒）から打ち、負けたら置き石を増やしていこうと思った。何子《なんし》で秀策と打てるのか楽しみになった。

紫式部や清少納言、また秀策とも碁が打てる夢のような時代になった。

＊秀策とは「本因坊秀策」で「碁聖」と言われている。文政十二年（一八二九年）尾道市因島で生まれ、黒を持ったら負けないと言われた「秀策流」を考えた人。三十四歳の時に江戸で赤痢に罹患《りかん》して亡くなっている。

# あとがき

「夢の対局」の物語は、虚実織り交ぜて書いてみました。

今回、平安京を勉強して「平安京は奥が深くて広い」と感じました。例えば、六道珍皇寺付近を「鳥辺野」だと思っていましたが、実際には六道珍皇寺より南から九条あたりまでを鳥辺野と言っていたようです。また定子は鳥辺野に葬られているのに彰子や道長はどうしてここに葬られていないのでしょうか?

牛若丸と弁慶の箇所でも書きましたが、道幅も朱雀大路は約八十四メートル、これ以外の大路は約二十四メートル、小路でも約十二メートルあったと『平安京百景』（公益財団法人京都市生涯学習振興財団）には記載されています。

また、平安遷都の時に創建された東寺と西寺（西寺は焼失して今は無い）以外は都に寺院の建立が許されていなかったので、この時代には都にこの二つの寺院しか無かったと言います。現在、都にはたくさんの寺院がありますが、この時代以降に建てられた寺院とのことです。

このように、一つのことを調べていくと縦横に疑問が湧いてきて、「平安京は奥が深くて広い」と思いました。

私の名前は「道木長保《どうきながやす》」と言いますが、私が物語に出てくる平安時代に興味を持ったのは、名字と名前を一字ずつ取って「道長《みちなが》」、また元号の「長保《ちょうほう》」が、姓名の中にあるからです。長保元年が西暦九九九年で、主人公の土岐千歳の名前は、土岐＝道木、千歳は長保二年が西暦一〇〇〇年なので、そこから付けました。何となくこんな他愛もない理由ですが、この時代に親近感を覚える次第です。

私の推測ですが、「長保」という元号は藤原道長が自分の「長」を一字入れ「自分の（繁栄の）時代が保てるように」との思いを入れたのではないかと推測します。道長の兄弟は「道隆・道綱・道兼」と「道」の付く名前の人が三人もいますので「長」

でないとダメだったのです。「長」という名前の付いている人は道長の第二婦人「明子」との間にできた「長家《ながいえ》」と、道長の五代前に「長良《ながら》」という人がいるだけです（そのわりには「長保」は西暦九九九年から一〇〇四年とたったの五年足らずで寛弘に改元されています。現代では天皇が代わると改元されますが、この当時はまだ一条天皇の時代でしたので、何か改元する理由、例えば飢饉だとか自然災害などがあったのかもしれません）。長保の前の元号は「長徳」（九九五年〜九九八年）ですが、この元号も道長の影響があったかもしれません。

この時代《ころ》の道長は「この世をば　わが世とぞ思ふ……」と、道長の三女「威子」が後一条天皇の中宮になったことを祝った時の二次会の酒宴で即興《そっきょう》で詠みました（それを藤原実資《ふじわらのさねすけ》が日記『小右記《しょうゆうき》』に書き留めたので後世に知られるようになりました）。このように、何でも自分の思い通りにできる実力者なので、元号の選定ぐらいは簡単にできたのではないかと推測する次第です。

また道長は「土御門殿《つちみかどどの》」とも呼ばれていましたが、この名前はたぶん道長が「土御門大路」に住んでいたので「土御門殿」と呼ばれたのだと思います（現在は河原町丸太町の交差点の西南に「東土御門町」という町名があります）。

これもまた私の勝手な推測ですが、「御門《みかど》」と「帝《みかど》」をかけ、道長は「帝」にはなりたくてもなれないけれど「ミカド」と呼ばれたかったのではないでしょうか。

紫式部と道長との関係も愛人関係ではなかったかもしれませんが、日本の初期の系図集『尊卑分脈』には「紫式部は藤原道長の妾《しょう》」と書いてあります。妾と言っても現代の「めかけ」のイメージではなく、一夫一妻多妾が普通だった当時では、珍しくなかったのだと思います。

紫式部は夫・宣孝に早く死なれ、生活は楽ではなかったと想像できます。そんな時に『源氏物語』を書き、当時としては高価だった紙の代金を工面したのは道長だったと思います。

紫式部と「彰子」、清少納言と「定子」のいわゆる「女房・家庭教師時代」は年代が違います（清少納言の定子の女房の時代は九九三年から一〇〇〇年、紫式部の彰子の女房の時代は一〇〇五年から一〇一四年）。そのため、宮中では二人は会っていなかったと思いますが、「囲碁の御前試合」という形で対戦させてみました。実際に「源氏物語絵巻」に描《か》かれている囲碁をやっている女性は、『源氏物語』の四十四帖「竹河」に出てくる玉鬘《たまかずら》の娘「大君《おおいぎみ》」と「中の君」です。二人は「桜の木」を賭けて三番勝負をします。なぜ桜の木を賭けることになったのか？　それは、一本の桜の木を故父君（髭黒・太政大臣）は大君の木＝花と決め、母上（玉鬘）は中の君の木＝花と決めたので、囲碁で決着をつけることになったのです。結果は二勝一敗で中の君の勝ちでした。それを大君に気がある蔵人《くらんど》の少将（夕霧の息子）が垣間見《かいまみ》しているのが「源氏物語絵巻」に描かれた絵です。もう少し詳しく説明すると、玉鬘は源氏のライバル「頭《とう》の中将」と、その愛人「夕顔」（「雨夜の品定め」では常夏《とこなつ》）との間にできた子供です。玉鬘は主上《うえ》（冷泉帝）に出仕していましたが、髭黒の大将に強引に奪われてしまいます。二人の間にできた子供が大君（長女）と中の君（次女）です。

この他にも『源氏物語』で囲碁のシーンは三帖の「空蝉《うつせみ》」にも出てきます。ここで二人の女性（紀伊の守の妹と源氏が想いを懸けた空蟬）が囲碁をしているのを源氏が垣間見しています。ここで「劫」（相手の石を取ったらすぐにはまたそこへ打てないこと）や「整地」（終局になってダメをつめたり、お互いの陣地を数えやすくすること）を書いているので、紫式部自身もある程度は囲碁の知識があったと想像されます。

また、十二帖「須磨」では源氏が須磨へ下向した調度品の中に「碁や双六の盤もあった」とありますので、源氏も囲碁をやる前提で『源氏物語』が書かれていたと思います。

さらに五十三帖の「手習」では、浮舟の気持ちが沈んでいる時に少将の尼から囲碁をしないかと誘われ少将の尼と対局する場面があります。浮舟が最初黒で勝ち、次に白でも勝ち二局とも浮舟が勝ったので、「碁聖大徳《きせいだいとこ》（妙心寺の別当）」よりも強いとも書いてあります（別当とは大きい寺の事務を統轄した職）。

近年のＡＩの進歩は目覚ましいものがあり、「コンピュータが人間を追い越すことはできないだろう」と言われていましたが、囲碁に関して言えば、ＡＩの登場によりあっと言う間に人間は追い越されてしまいました。このことを考えると棋譜さえ残っていればその時代の人と疑似対局ができる時代がやってくるのではないかと思います。この小説では紫式部と清少納言との御前試合としての架空の棋譜しか取り上げていませんが、江戸時代以降になればたくさんの棋譜が残っているので、より正確な棋士達の性格をＡＩが学習して、表現されるのではないかと思います。本文にも書きましたが「本因坊秀策」と対局できる時代が来るのもそんなに遠い日のことではないようにも思います。

また現在《いま》では有名な井山裕太や一力遼などのトップ棋士達とは、願っても私達素人は対局できませんが、ＡＩに井山や一力の癖や特徴を覚えさせ「井山ＡＩ」や「一力ＡＩ」との対戦を低料金で提供したり（料金配分を本人と棋院で話し合い）すれば、本人の収入も増え、棋院の収入も増え、私達囲碁ファンの楽しみも増えて一石三鳥だと思います。

近年の日本の囲碁界は中国や韓国に追い越されてしまっていますが、それは囲碁人口が少ないせいではないかと思います。囲碁のようにこんなにも奥が深く、そして楽しくて素晴らしいゲームを、もっともっと多くの皆さんに知ってもらい、楽しんでほしいと願っています。

紫式部や清少納言、そして光源氏も楽しんでいたと思われる囲碁を、あなたも始めませんか？

＊お金さえ出せば私のような素人でもプロ棋士と打つことはできますが、いわゆる「指導碁」で、「多面打ち」（生徒四人に対して先生が一人）です。

以前、名古屋の日本棋院・中部総本部でプロ棋士との「手抜きなし」真剣勝負で対局しましたが、楽しかったです。この時プロは意気込みを表すため鬼の帽子をかぶっていました。Ｅテレの「囲碁フォーカス」にも取り上げられました。

私は勝っても負けてもお互いが真剣勝負をしたほうが楽しいです。

「秀策ＡＩ」や「井山ＡＩ」は絶対手抜きはしてこないので、何子《なんし》の置碁で対戦できるのか楽しみです。

初心者でもパソコンやスマホを使える人は、パソコンやスマホのアプリでまず九路盤（通常は十九路盤）から対戦してみてください。負けても負けてもやっていればそのうちにルールが分かってきて、勝てるようになります。パソコンやスマホは、どんなにひどい手を打っても怒ったり笑ったりしませんのでご安心を。

パソコンやスマホの苦手な人は碁席（碁会所）へ行って席主に教えてもらってください。一日一〇〇〇円から一五〇〇円の碁席が多いと思います。三級ぐらいまではすぐになれますので、とりあえず初段を目指して頑張ってください。

また、将棋には『王将』や『歩《ふ》』などの歌があり、カラオケなどで気軽に歌っていますが、囲碁の歌を私は知りません。歌を通して囲碁の普及が少しでもできればと思い、詞を書いてみました。

囲碁賛歌　　　　作詞　道木長保

一、嵐の前の　静けさよ
その後の死闘　誰が知る
烏鷺《うろ》が織《お》りなす　芸術か
意地がぶつかる　戦場か

二、技《わざ》と智恵との　せめぎあい
白刃《しらは》交える　闘いよ
一心不乱に　読みふけり
火花散らす　盤面よ

三、勝っても負けても　悔いはなし

闘い終わって　ノーサイド
烏鷺のキャンバス　大宇宙
老いも若きも　みな楽しい
男も女も　みな楽しい〜　みな楽しい〜

# 究極の幸せとは

一家に一冊、心の常備薬（本）
心が折れそうになったら読んでみてください。

平成三十年十一月吉日（令和六年十月改訂）

## 一、お金や物（物質的なものはどうでしょうか？）

凡人の私にとっての「究極の幸せ」とは、一体どんな幸せを言うのでしょうか。

「究極の幸せ」とは、お金や物でないことは確かだと思います。お金や物はなければ確かに困りますが、しかしそれだけに執着《しゅうちゃく》していても本当の幸せは得られないと思います。

お金がたくさんある。ブランド品を常に身につけている。おいしいものをいつも食べている。そんなことは一時的な自己満足と他人の目を気にした虚栄心《きょえいしん》だけだと思います。

そのためにあくせく働き、もっとひどい人は法律違反をしたり、人を泣かせたりしてお金を手に入れます。挙句《あげく》の果てに警察に捕まったり、人から恨《うら》まれたり、病気になって心も身体も苦しんで死んでいくのです。

だからお金や物の亡者《もうじゃ》は一時的な幸せは得られても「究極の幸せ」は得られないと思います。お金や物はホドホドがよく、分不相応《ぶんふそうおう》のお金や物は身を破滅させる因《もと》だと思います。

## 二、家族や家庭

では家族や家庭はどうでしょうか。お金や物の亡者になるよりはマシだと思いますが、これも「究極の幸せ」にはならないと思います。

「おぎゃあ」と産まれて、成長して大きくなって、結婚して、子供ができ、一見幸せに見える家族も、何らかの問題はかかえています。他人からすれば「そんな些細《ささい》なこと」と思われるようなことでも、当事者にとっては大問題かもしれません。

好きで惚《ほ》れて結婚しても、しょっちゅうケンカしたり、良い子供だと期待していたら裏切られたり、そんなことはこの世間では山ほどあると思います。よしんば夫婦ゲンカもなく、良い子供のまま成長して大人になっても、夫婦で言えば夫か妻、どちらかが先に死んでいきます。愛が深ければ悲しみも一層深いと思いますが、愛する人との別れはいつか来ます。親子だって、子供はいつか親元を離れていくでしょう。

私の若い頃（たぶん小学生高学年頃だと思います）、父親の職場の人の息子さんが海外勤務していました。当時の海外勤務は超エリートで、人から羨《うらや》ましがられていました。でもその人が「会いたいと思っても簡単には会えないのに、そんなの何がいい」と言ったのを覚えています。

こう考えると、家族や家庭も一時的な幸せは得られても「究極の幸せ」は得られないように思います。

家族や家庭で「究極の幸せ」は得られなくても、結婚した、子供ができた、入学した、就職した、孫ができた、といった日常の「小さな幸せ」は一番得られやすいと思います。

では家族や家庭のない人はどうでしょうか。ここでは大人の独身者を対象に話を進めていきたいと思います。

独身者は身軽で幸せかと言えば、そうでもないと思います。それはその人の人生観や考え方にもよると思います。

結婚したくてもできなかった人や、自分から望んで独身を通した人、いろいろな人がいるでしょう。

私は独身を否定するつもりはありませんが、結婚生活を経験するのも良いことだと思っています。夫婦だからケンカもする。子供もいるから苦労もする。独身ならこのようなケンカも苦労もありません。お金も家族や子供に使わなくても済むので贅沢《ぜいたく》もできるでしょう。だけど人生プラスマイナスゼロだと思いますので、今は夫婦ゲンカもせず、お金も贅沢に使えますが、いつか孤独などのマイナス面が出てくるのではないかと思います。

人生プラスマイナスゼロだとか、神様は公平だとか言いますが、成績優秀でハンサムで運動能力抜群《ばつぐん》の彼と、ダサいおっさんの私。こんなの公平であるわけがないと思いませんか？　だけどたぶん、公平なのでしょうね。それは彼と私とでは物差しが違うからだと思います。自分の物差しでは一センチでも、彼の物差しでは二センチかもしれません。他人の物差しで自分を測《はか》ること自体が無理ではないかと思います。簡単に言えば、「人のことを羨んでも仕方がない」ということなのです。

また、お酒一杯でいい気分になる人もいれば、一升飲んでやっといい気分になる人もいるでしょう。いい気分になるのは一杯の人も一升の人も同じです。これは個人差だから、「あいつは一杯で酔えていいな」とか「あいつは一升も飲めていいなあ」とか言ったって仕方のないことだと思います。ダサいおっさん（一杯しか飲めない人）が優秀な彼（一升飲める人）を羨んで無理して飲めば、気分が悪くなるだけです。

一センチ物差しの人、二センチ物差しの人、それぞれ自分の尺度で人生を過ごせばいいのではないかと思います。もちろんこの物差しは固定ではありません。その人の器《うつわ》が大きくなれば二センチにでも三センチにでもなるし、逆にその人の器が小さくなれば、極小の物差しになると思っています。

## 三、仕事や趣味

仕事や趣味はどうでしょうか？　仕事を生きがいにしている人は結構いると思います。私も現役で働き盛りの時は、嫌なこともありましたが、仕事が面白《おもしろ》く、家のことなどは女房《にょうぼう》に任せて一生懸命仕事をした時期もありました。

私のようにサラリーマンの人は定年退職が来ます。定年退職になれば第一線から退《しりぞ》き、再雇用とか次の仕事を見つけるとか、私のようにキッパリと仕事を辞《や》めるなどの選択を迫られます。どの選択をしても定年退職は一つの区切りです。仕事に生きがいや幸せを感じても、それは定年退職が来れば終わりです。仕事をしている時だけの一時的な幸せであり「究極の幸せ」ではありません。仕事は食うための手段であって、一時的な幸せは得られても、究極の幸せは得られません。人によっては退職後も仕事の成功が人生の幸せ、誇りである人もいると思いますが、仕事は食べるための手段であって、一時的な幸せは得られても究極の幸せは得られないと思います。ましてや嫌な上司や部下と接していれば幸せとはほど遠いでしょう。

若い人の参考になればと思い書きますが、私の三十歳ぐらいの時は選ばなければ就職先はいくらでもありました。でも求人広告を見ていると多くが年齢三十歳ぐらいまでの求人でした。それまでの私はフラフラしていて職もいくつか変わっていました。その後、親戚《しんせき》の人の紹介で入ったのが定年までいた会社です。嫌なこともありましたが、その時の私の対処方法は、指輪（私は結婚指輪がなかったので、親父の指輪をサイズ直ししてはめていました）を見ることでした。親父の指輪を左の薬指にはめた時に誓ったのです。「女房や子供を養っていくために、嫌なことも絶対に我慢する」と。それから嫌なことがあるたびに指輪を見て自分に言い聞かせていました。「我慢、我慢」と。そうやって、定年まで働くことができました。

若い人達への助言として、世間に出れば嫌なこともあると思いますが、自分の信念

（私の場合は家族を養う）を持っていれば、我慢することも、耐えることもできます。私の場合は指輪でしたが、時計でもブレスレットでも何でもいいです。常に見えるものなら何でもいいです。

私がこの方法を思いついたのは、中学生の時の試験です。あの頃はテスト用紙に名前を書かないと零点でしたので、右手の親指に輪ゴムをはめて名前の記入忘れを防止した記憶があります。それを応用してみた次第《しだい》です（在職中にはめていた親父の指輪は定年になると同時に外しましたけどね）。

また趣味は自分の楽しみであり、人生の潤滑油《じゅんかつゆ》みたいなものではないかと思っています。だから上手《じょうず》か下手《へた》かは別にして、楽しめる趣味を持ったほうがいいと思います。楽しむためにはある程度上手《うま》くならないといけませんが、アマチュアなのでそこそこ上手ければいいのではないでしょうか。

私の勤務していた会社は、入社した時は十三人の小さな会社でしたが、徐々に増えていき退職する時には九十人ぐらいになっていたと思います。その中では一期生ということもあり、私は常にトップを走っていたと自分では思っています。先程も書いたとおり、嫌なこともありましたが、自分が会社を引っ張っていく面白さもありました。ただ、悲しいかな天下りがある組織のため出世は望むべくもなく、現場一筋で定年退職を迎えました。世の中良くしたもので、出世はできない代わりに年休は完全消化できたし、不規則勤務のため自由に使える時間がたくさんあり、趣味の時間にあてることができました。

趣味でもテニスや野球・サッカーなど運動系のものと、囲碁や将棋など室内ゲーム（いわゆる文科系があり）、また他にも園芸や音楽、キャンプなどのアウトドアを趣味とする人もいるでしょう。運動系の趣味で激しいスポーツは、いずれそのうちに足が痛いとか腰が痛いとかになり、できなくなると思います。

それに比べて囲碁や将棋などの室内ゲームは頭がしっかりしていればできますが、だんだん弱くなっていきます。囲碁や将棋は勝ち負けのハッキリするゲームなので、負けが続くとやる気がしなくなって遠ざかってしまいます。ハンディを増やしたり段級位を下げればいいのですが、それもなかなか抵抗があってできません。インターネットでやればいいのですが、段級位を大きく下げてまでやるのはちょっと抵抗があるように思います。

運動系の趣味でも文科系の趣味でも、心身の衰えによって楽しめなくなる時がいつか来ます。

その中で、園芸はいい趣味だと思います。第一に草花（植物）は文句を言わないし、口答《くちごた》えもしません。だけど水や肥料を怠るとしおれて、文句を態度で示します。だから私なんか夏の暑い時に水やりが不十分で、しおれた草花を見るとつい「ごめん、ごめん」と言ってしまいます。

実のなる木なら、花の時期と実のなる時期と両方楽しめて私は好きです。ただ、自分が寝込んだり病気になって世話ができなくなればそれまでです。

そう考えてみると、園芸もその時の一時的な幸せであり「究極の幸せ」ではないようです。

また、趣味で続けていることが上手になったとか、庭の草花や道ばたの名もない花を見ても感動するなど、小さな幸せはたくさんあると思います。それらの小さな幸せの積み重ねを大事にして、心に貯金をしておくと将来大きな利息がついてくるのではないかと思います。

逆に日常の些細なこと、「小さな溝《みぞ》」を放置していると、それが積み重なって、飛び越えることのできない「大きな溝」になってしまいます。

「小さな幸せ」は「究極の幸せ」にはなりませんが、小さな幸せを大事にして心に貯金をして、そして「小さな溝」は小さいうちに埋めておけば、「究極の幸せ」に近づけるのではないかと思います。

## 四、酒や麻薬やギャンブル

酒や麻薬やギャンブルはどうでしょうか？　これは論をまたないでしょう。酒を飲んでいる時や麻薬をやっている時、また何もかも忘れてギャンブルに打ち込んでいる時は確かに幸せでしょう。酒や麻薬が常習になれば中毒になり、結果は幸せとはほど遠いものになってしまいます。

また、ギャンブルも自分の収入の範囲内で「勝った」「負けた」と楽しんでいるうちはいいのですが、高じて女房や親・兄弟に借金をしたり、もっとひどい人はサラ金から借りてまでギャンブルにのめり込んでしまう人もいます。冷静に考えれば、競馬でも競輪でもパチンコでも施設を維持したり、従業員を雇用したりしているのですから、素人《しろうと》が儲かるはずがありません。たまに勝つから「夢よ再び」とまたやり、傷を深くしてにっちもさっちもいかなくなるのでしょう。

ギャンブルも酒や麻薬と同じで、中毒みたいになり、負けても負けても懲《こ》りずにやるんですね。

究極の幸せとはほど遠いです。

## 五、宗　教

宗教はどうでしょうか。「究極の幸せ」に近づくためには、宗教が一番近いように思います。

しかし宗教と一口に言っても仏教・キリスト教・ヒンズー教などいろいろあります。私は仏教もそう詳しいわけではありませんが、他の宗教の知識は皆無《かいむ》に近いので、ここでは仏教を中心に考えていきたいと思っています。

日本の仏教には宗派がたくさんありますが、そもそも庶民が仏教を信ずる（頼る）ようになったのは、死後の世界、いわゆる極楽浄土《ごくらくじょうど》を願って宗教に頼ったのではないかと思います。では仏教のおおもとであるお釈迦《しゃか》様も、極楽浄土を願って悟りを得たのでしょうか？　私は違うと思います。お釈迦様はこの世の真理を究明しようとして難行苦行《なんぎょうくぎょう》や瞑想《めいそう》（座禅）をして悟りを得たのではないでしょうか。

ではこの世の真理とは一体何でしょう。

その前に、現在の日本の仏教で本当に「究極の幸せ」は得られるのでしょうか。私は否、得られないと思います。現在の日本の仏教は葬式仏教になり、日常で仏様を感じることはあまりありません。せいぜい神社仏閣《じんじゃぶっかく》へ行った時にパンフレットを読んだり、説明を聞き、「へえ～」と思うぐらいで、ものの五分もしないうちに忘れてしまっているのが現状ではないでしょうか。

親鸞《しんらん》聖人の教えは、「人はこの世では悟りを得られないので、『南無阿弥陀仏』を唱えて極楽浄土へ行き、阿弥陀《あみだ》様の力を借りて悟りを得る」ということだそうです。また、道元禅師《どうげんぜんし》のように「只管打坐《しかんたざ》」（余念を考えずただひたすらに座禅をすること）をしていれば悟れる、というのも、凡人の私には無理でしょう。

では専門家、いわゆるお坊さんはどうでしょうか？　一部の高僧《こうそう》を除いて、一般的なお寺の住職などはどうなのでしょう。少なくとも、信心の薄い凡人の私には「南無阿弥陀仏」や「只管打坐」で究極の幸せを得ることはできないと思います。

以前Eテレで宗教のことを放送していた時のことです。インタビュアーがお坊さんに「外で座禅をしていて蚊や虫に刺されませんか？」と質問していました。お坊さんいわく、「刺されますよ。だけどだんだんなんともなくなるんですよ」と。また他の日に放送されていた番組でお坊さんが、雪の降っている時に、裸足《はだし》に藁草履で托鉢《たくはつ》に出ていました。最初は寒いけれど、そのうちに濡れた法衣から湯気が出て温かくなるそうです。また岐阜県美濃加茂市にある正眼寺《しょうげんじ》の山川宗玄《やまかわそうげん》さんは、入門したての時に、自分は腰が悪いので作務《さむ》や座禅はできない。できないけどやらされるのでやけっぱちになって、救急車にでも運ばれてこのお寺から逃げようと思い、作務や座禅を一生懸命やったそうです。すると、あら不思議、悪くなるどころか良くなってしまったそうです。後日実家へ帰省《きせい》した時に旧友と銭湯へ行き、脱衣場で旧友から「お前の背骨は三本ある」と言われたそうです。背骨は一本に決まっていますので、筋肉が発達し背骨のように見えたのではないかとのことでした。

このように人間の身体、仕組みは不思議なものですね。人間、分かったような顔で「そんなことをしたら病気になる」とか、「そんなことをしたら死ぬぞ！」とか言う人がいますが、当たってはいるけど、満点の正解ではないと思います。

囲碁のトップ棋士で藤沢秀行《ふじさわひでゆき》という人がいましたが、彼いわく「もし囲碁の神様がいたならば今の自分はやっと神様の五十分の一ぐらいの実力かな」と言っていたのを聞いた記憶があります。たった十九×十九の枡目の碁盤で、相手もたった一人です。秀行さんのような人でもたぶん謙遜《けんそん》ではなくて、実感であのような言葉が出たのだと思います。ましてや人間の身体や心は、単純でもないし複雑でもないと思っています。話がだいぶ横道にそれましたが、我々凡人は蚊に刺されながら座禅をしたり、真冬の雪が降っている時に裸足で托鉢など、最初からやろうとも思わないと思います。

私は日頃から今の葬式仏教には疑問を抱いています。例えば通夜・告別式の時に意味の全く分からないお経を三十分から一時間ぐらい唱えたりすることで高額のお布施です。私はこのお経を全く「有り難い」と思ったことがありません。費用対効果ではありませんが、お布施の額で天国へ行けるとも思いません。有り難いと思わないどころか「早く終わってほしい」とさえ思っています。親鸞の弟子の唯円《ゆいえん》もこれに似たようなことを言っています。『歎異抄《たんにしょう》』の第九条に唯円が「念仏をしていても楽しいはずの極楽浄土へ行こうという気がおこらない」というようなことを言っています。すると親鸞は「自分も心にそう感じていたが、それは煩悩のせいだ」と言われます。

例えば何十万円もするダイヤモンドでも、その価値を認めている人は購入するでしょう。ではお経はどうでしょうか？　私のようにお経に対して価値を認めていない人は何十万円ものお布施は高いと思ってしまいます。そもそも「お布施」をダイヤモンドと同列に考えること自体が間違っているのかもしれませんが、私は何となく割り切れていません。では「志《こころざし》」なので少額でいいのかと言えばそんなわけにもいきません。私のような人は少数派かもしれませんが、これからの「葬式仏教・弔いのありかた」は変わっていくかもしれませんね。

坊主の悪口を言うと「五逆《ごぎゃく》」に落ちると言う人がいるかもしれませんが、私はそんなことは信用していません。「地獄へ行ったこともないのにウソをつくな！　それこそ閻魔《えんま》様に舌を抜かれるぞ」と言い返してやりたいです。

また阿弥陀様はどんな悪人でも南無阿弥陀仏を十回唱えれば極楽往生できると言っていますが、阿弥陀様の十八願では五逆を犯した者は例外と言っています。五逆とは五種の罪悪、父・母・阿羅漢を殺すこと、僧団の和合を壊《こわ》すこと（さしずめ私はこれに該当するのでしょうか？）、仏の身体を傷つけること、だそうです。これらを犯せば「無間《むけん》地獄」に落ちると言われています（「梅原猛の『歎異抄』入門」より）。

ここまで堅苦しい話の連続でしたので、ちょっとひと休み。

自作の川柳・オヤジギャグ・俳句などを紹介します。

送別会　最後の締めは　洋梨か

期待の再婚　ババつかむ

ツルッパゲ　フケの出た昔を　懐かしむ
早く迎えに来いと言いつつ　医者通い

スペインを語るには　カタルーニャ地方だよね
この帽子は　日焼け防止です
この靴　色々な臭いがするね　シューズです

初春コンサート　後《うし》ろから見たらお月見コンサート
仮死セミや　犬にシッコかけられ　おおあわて
明けオメに　思いをのせて　メルハート
山紅葉《あか》く　湯舟に浮かぶ　朧《おぼろ》月
稲妻や　天裂《てんさ》く競演　花火かな

亡き人も　孫も集まる　お盆かな

## 六、究極の幸せ

これまでにお金・物・家族・家庭・仕事・趣味・酒・麻薬・ギャンブル・宗教と考えてきましたが、これらでは一時的な幸せは得られても「究極の幸せ」は得られないことが分かりました。ではどうしたら究極の幸せを得ることができるのでしょうか。

一時的な幸せは全部煩悩《ぼんのう》から来ていると思いませんか？　煩悩が原因で、一時的な幸せが結果なのです。結果をなくすには原因をなくせばいいのです。お金があるからお金が欲しくなる、物があるから物が欲しくなる、女房がいるからケンカする、などなどです。ただし、凡人の私がこれらの煩悩をなくすのは並大抵の努力ではできないでしょう。

過去から現在までの修行者は、この煩悩を断ち切るために断食《だんじき》や不眠などの難行苦行をしてきました。私のような凡人ではとても無理でしょう。でも神様（仏様）は、凡人の私でもこの煩悩をなくすことができるようにしてくれたようです。それは歳をとることです。歳をとれば自然と煩悩から次第に遠ざかり、菩薩《ぼさつ》に近づいていくのではないかなと思います。例えば私自身は、若い時ほど金銭欲も物欲もなくなりました。食事の量もお酒の量も減ってきました。これが自然だと思います。そしてだんだん食べられなくなり、死んでいくのです。これを無理に薬や注射で寿命を延ばせば、自然に逆らうのですから苦しみが長引くだけではないかと思います。身体が「もういらない」と言っているのだから、それに従えばいいのではないかと思います。

食欲も物欲も性欲もだんだんなくなる。目もだんだん見えなくなる。耳もだんだん聞こえなくなる。煩悩からだんだん遠ざかって、菩薩に近づいていっていると思いませんか。神様は上手に人間を作ったものだと思います。少しずつ枯れて菩薩に近づいて死んでいくのですね。まあ、あせらなくても自然と煩悩はなくなっていくということでしょうか。

そんな呑気なことを言っていたら「究極の幸せ」を考える意味がどこかへ行ってしまうので、私のような凡人でもできることから考えてみたいと思います。

日常の心得として「諸悪莫作《しょあくまくさ》、衆善奉行《しゅぜんぶぎょう》、少欲知足《しょうよくちそく》、南無釈迦牟尼仏《なむしゃかむにぶつ》、南無阿弥陀仏《なむあみだぶつ》」を心がけています。「諸悪莫作、衆善奉行」とは、道林禅師《どうりんぜんし》が白楽天《はくらくてん》へ言った言葉で、道林禅師が「悪いことをせず、善いことをしなさい」と言うと、白楽天が「そんなことは三歳の子供でも知っているわ」と答え、すると道林禅師が「八十歳の老人でもなかなかできないぞ」と言いました。善いことは、なかなかできませんが、できることから少しずつやっていこうと思っています。

次の「少欲知足」ですが、本来の意味は「欲を少なくして、足るを知る」だと思うのですが、「何事もあまり欲張らず」と、自分流に解釈しています。なんでもそうだと思いますが、特に囲碁は自分だけが得をしようと思うとひどい目に遭います。貪《むさぼ》るとろくなことがありません。かといって相手の言いなりになっていても勝てません。悪手《あくしゅ》を咎《とが》めて少し自分が得をする。そうすると最後に結果として勝ちがきます。分かっちゃいるけど実践ではなかなかできません。

「南無釈迦牟尼仏、南無阿弥陀仏」とは、「諸悪莫作、衆善奉行、少欲知足」を実行して、あとの結果はこの世のことはお釈迦様に、あの世のことは阿弥陀様にお任せしましょう、ということです。

この世（比岸《しがん》）からあの世（彼岸《ひがん》）へ行くのに「三途《さんず》の川」があるのは皆さんよくご存じだと思います。三途には「地獄道・餓鬼道・畜生道」があり、死んだ人が三途の川へ行くと「奪衣婆《だつえば》」「懸衣翁《けんえおう》」という老人がいて、そこで死者の衣服をはがし、その衣服を木の枝に掛けて、そのしなり具合で生前の罪の重さが分かり、地獄道・餓鬼道・畜生道に分けられます。

最も罪の重い人は地獄道です。

地獄は大きく分けて八種類あります。

一「等活《とうかつ》地獄」は、お互いに殺し合いを繰り広げますが、勝っても地獄の鬼に殺されます。殺されて終わりではなく、何度でも生き返り同じ責め苦が繰り返されます。

二「黒縄《こくじょう》地獄」は、罪人は生きたままで身体を鋸引きされ枡目状に切り刻まれますが、死んでもまた生き返り同じことを何度でも繰り返されます。

三「衆合《しゅうごう》地獄」は、大石につぶされたり、臼の中で突かれたりします。

四「叫喚《きょうかん》地獄」と五「大叫喚地獄」は、ドロドロに熱した銅が口の中に注ぎ込まれたり、嘘をついた罪人は何度も舌を抜かれます。

六「焦熱《しょうねつ》地獄」と七「大焦熱地獄」は、炎熱攻めで地獄の業火《ごうか》が罪人を焼き尽くします。

八「阿鼻《あび》（無間）地獄」は、地獄の中で最も恐ろしいところで、地獄の鬼に一瞬たりとも休みを与えられず攻められるということです。

次に「餓鬼道」は常に欲望に身もだえしながら、満足されない苦しみに遭います。

「畜生道」は、餓鬼道よりも罪が軽ければ畜生道に行き、ケダモノに生まれ変わります。

また、あの世へ行く時には「白道《びゃくどう》」という細い道があり、その道の北側は怒涛《どとう》の海、南側は火の海です。これを渡るのは誰でも怖いのですが、この世からはお釈迦様が「恐れることはない」と背中を押してくれ、あの世からは阿弥陀様が「怖くはないから、こっちへ来い」と手招きしてくれます。京都の嵯峨野の「二尊院」にはお釈迦様と阿弥陀様が並んで祀《まつ》ってありますが、まさにこのことを言っています（「二尊院」の「二尊」とはお釈迦様と阿弥陀様のことです）。だから私の勝手な解釈では、この世のことはお釈迦様に、あの世のことは阿弥陀様にお任せしましょうということです。どうせ私程度の頭で考えたっていい智恵は出てきません。「下手の考え休むに似たり」です。

「諸悪莫作、衆善奉行」の意味は、悪いことはせず、善いことをしましょう。これを真剣に考えたら何が悪で何が善か分からなくなってしまいます。自分で判断するしかないでしょう。目の前に困っている人がいたら声をかけてあげればいいし、小さな親切でいいと思います。

「こんなことをしたら人はどう思うかしら」とか、「死んだらどうなるのかしら」など、考えても分からないことは考えずに、自分がいいと思ったことをして、この世のことはお釈迦様に、あの世のことは阿弥陀様にお任せしようと思っています。


次に「究極の幸せ」を得るための方法としては、「柔軟《じゅうなん》な心を持つ」ということではないかと思います。

「柔軟な心」とはどういうことでしょう。「人間（動物も含めて生物）は、いつかは必ず死ぬ」「物はいつかは壊れる」ということを頭に叩き込み、理解《りかい》することではないでしょうか。「人間はいつか死ぬ」、これは絶対の真理です。生老病死《しょうろうびょうし》を頭の中で理解する。生まれて、老いて、病気になって、死んで一生が終わります。これが自然なのです。若い人は別ですが、私のようにもう七十五歳を超えたような人は自然に任せればいいのではないのでしょうか。

愛する人と別れるのはつらいことだと思いますが、これも自然の摂理《せつり》だと思い、あとを引きずらないことだと思います。葬式で一滴の涙も流さず悲しむな、と言っているのではないですよ。悲しい時は悲しんで泣けばいい。ただそれをいつまでも引きずらないというのが「柔軟な心」ではないでしょうか。

子供が親の言うことをきかない。それは成長したと解釈したらどうでしょうか。私が孫によく言うのは、「お前が交通事故に遭っても、じいちゃんは痛くもないし、お前が身障者になっても困らない。痛いのも身障者になるのもお前だ。じいちゃんは悲しいだけだ」と。薄情《はくじょう》なようですが、これが真実だと思います。

以前の会社で私の定年前に若い人達（と言っても四十代、五十代ですが）に、「会社の将来を一番真剣になって考えるのはお前達だぞ。俺は定年までの数年を考えればいい。お前達はあと十年、二十年ここで世話になるんだろう。だから真剣に考えろ」と言いました。孫の話と通じるところがありませんか？

「究極の幸せ」とは、生老病死を理解して、日常《にちじょう》の小さい幸《しあわ》せを大事《だいじ》にして（心《こころ》に貯金《ちょきん》をして）、日常を淡々《たんたん》と過ごすことのような気がします。

## 七、神様や仏様はいるか

神様や仏様はいるのでしょうか？　今までに「神様」という言葉はたびたび使ってきましたが、私は、地球ができて四十六億年という歳月をかけてできた世界のことをひとくくりにして「神様」と表現してきました。

日本で言う神様は八百万《やおよろず》の神様で、どこにでも神様はいると言われています。私が小さい時は便所にも神様がいるので便所で唾《つば》を吐くと神様に怒られると言われました。余談ですが、伊豆に通称「便所神様」というところがあり、そこをお参りすると下《しも》の世話にならないと聞き、母とお参りしたことがあります。

また、死んだら神様になって奉《たてまつ》ることもあります。例えば菅原道真《すがわらのみちざね》の天満宮や乃《の》木《ぎ》大将の乃木神社、靖国《やすくに》神社や護国《ごこく》神社もそうではないかなと思います。

仏様については、日本人は「死ねば仏様になる」という概念《がいねん》が多分にあると思います。これは「死」と「涅槃《ねはん》」を同一視しているせいではないでしょうか。涅槃とは、簡単に言えば「無明《むみょう》（無知や迷いの根本・煩悩の根本）をなくして、理想の境地に達すること」だそうです。お釈迦様が入滅《にゅうめつ》した時も「涅槃」という言葉を使っていたと思います。

さて、本題の「神仏は存在するか」ですが、私は「分からない、いるかもしれないし、いないかもしれない」というのが素直《すなお》な気持ちです。

宝くじに当たりたいから神仏にお願いする。〇〇大学に合格したいからお願いする。こんな都合のいい神仏はいません。しかも五円の賽銭《さいせん》で十億円当たりますように、なんて。当たるわけがないです。五円でも一〇〇〇円でも同じです。

都合のいい神様や仏様はいないと思うけど、世の中には実に不思議なことが起こるのも事実です。例えば今から二十二年ほど前のことですが、二歳ぐらいだった孫が三階のベランダから下に転落して、病院へ運ばれました。診察の結果、転落のダメージは日にち薬で治《なお》ったのですが、その時レントゲンを撮ったら膝に影があり、「骨肉《こつにく》腫《しゅ》」だと分かり、「足を切断するしかない」と言われました。誤診ではないかと思いましたが、私の妻と婿《むこ》のお母さんも一緒に医者の説明を受け確認し、間違いなく影があったと言いました。それを聞いて、私にはどうすることもできません。ただただ祈《いの》るだけでした。できることなら私が代わってやりたいとも思いました。それから朝晩神仏にお祈りをしました。

そして十日ほどたち、手術の日に、念のためもう一度レントゲンを撮ったところ、なんと不思議なことに、影が消えていたではありませんか。不思議なことがあるものです。これで孫の足は切断せずに済み、現在も元気でおります。神仏の加護、おかげ、としか考えられません。孫には「神様に助けてもらった足だから大事にして、いいことに使わないかんよ。悪いことをして、逃げるために使ったらいかんよ」と言っています。

また瀬戸内寂聴《せとうちじゃくちょう》さんの本には、奥さんが癌《がん》で医者から見放《みはな》された人が、本人が加《か》持祈祷《じきとう》に来られないので、旦那さんが奥さんの寝間着を持って加持祈祷をしてもらったら、奥さんの癌が消えた、と書いてありました。寂聴さんが嘘を書くわけがないので、本当のことでしょう。また私が二十五歳ぐらいの時だと思いますが、私の知り合いの友達（五十〜六十歳ぐらい）が癌で医者から見放され、ある宗教に入り榊《さかき》で患部を祈祷したら癌が消えたと、知り合いの人から聞きました。「あいつはすごいやつだ。榊で癌を治した」と言っていたのを今でも覚えています。

こうしてみると神様や仏様は、一生懸命お祈りをすると願いを聞いてくれるのではないかと思います。神様や仏様もなんでもかんでも聞いていたらキリがありませんので、本当に困った時だけ聞いてくれるのでしょう。助ける、助けないの選択権は神様や仏様にあります。一生に一度だけかもしれませんし、二度あるかもしれません。そんなことは神様や仏様にしか分かりません。私は孫でこの願いを使ってしまったので、たぶんもう使えないでしょう。全然後悔《こうかい》はしていません。もう七十五歳を過ぎたのだから、仏様のお迎えが来たら素直について行こうと思っています。

神様や仏様の見えざる力、不思議ですね。病気だけでなく私が現在までこうしていられるのは神様や仏様のおかげではないかと思います。女房、子供、会社といろいろありましたが、今日まで来ました。

会社勤めしている時に、上司からパワハラに遭ったこともありました。

この時の私は会社を辞めることは考えていなかったと思います。私が悪いことをしたのなら退職も考えたと思いますが、私は何も悪いこともしていないし、私利私欲もありませんでした。なぜ私が辞めないかんのかと。上司は私を辞めさせたいだけでパワハラをしたのです。パワハラの原因は、私が上司の指示に納得がいかなかったから、従わなかっただけです。この時の教訓は「バカとケンカすると、こっちもバカになる」ということでした。

ニュースなどで毎日のように殺人や暴行《ぼうこう》事件が報道されています。被害者はもちろん気の毒ですが、私は加害者にも一抹《いちまつ》の同情を覚えます。神仏の見えざる手は働かなかったのかと。私でも一歩間違えば犯罪者になっていました。この違いはなんでしょうか？　理性？　私にそんな理性なんかありません。今でこそ落ち着いてきましたが、昔は感情丸出しでした。こう考えると「神仏の見えざる手」ではないかと思います。誰でも犯罪の被害者にもなるし、加害者にもなるのではないかと思います。

「神仏の見えざる手」、恐ろしいと思いませんか？

『歎異抄』にはこれを「業縁《ごうえん》」と書いてありました。一人の人間も殺せないのに、縁があれば一〇〇人でも一〇〇〇人でも殺してしまう。

「業《ごう》」とは何でしょうね。「業の強い人」とか「業がわく」などと使われるので、あまりいい意味ではないようですね。

また、何か悪いことがあると「先祖の祟《たた》り」だとか、「先祖の供養が足りない」などと言う人がいますが、これは嘘だと思います。かわいい子供や目に入れても痛くない孫に祟って困らせてやろうなどと思いますか？

遠藤周作の『沈黙』という小説がありましたが、「神様は苦しいときに何もしてくれなかった」とあります。これも「神様」なんですね。

# 八、天国と地獄

最後に皆さん、あの世に天国と地獄はあると思いますか？（「夢の対局」の六道珍皇寺の箇所と一部重複します）

私の結論は「行ったことがないので分からない」です。お釈迦様も弟子からこの質問を受けた時は返答しなかったそうです。自分が行ったことがないから。天国は先程も書いたように、あるような気がします。天国の入り口までは相当数の人が行って「気持ち良かった、お花畑があった」などと言っていますが、そこから先は誰も行って帰ってきた人はいませんので、分かりませんが、たぶんその先もいいところでしょう。

では地獄はどうでしょうか。「地獄はないと思う人にはあるし、あると思う人にはない」と言われていますが、たぶん死んでから地獄はないと思います。死ぬ時には「幸せホルモン」が出てみんな幸せな気分になって天国へ行けると思います。地獄があるのはこの世だと思います。悪いことをして人を苦しめ、極悪非道《ごくあくひどう》のことをした人は、この世で地獄を見ると思います。寝ている時に自分の行ったことが夢に出てきてうなされ、地獄を見ると思います。人に見つからずに悪いことをしても、した本人が分かっているのだからごまかせません。神様はそのように人間を作ったのだと思います。

地獄は社会秩序を保つために作ったものではないかと思います。悪いことをすれば地獄に落ちる。地獄には八つの種類があり、「これでもか、これでもか」と言うぐらい地獄の恐ろしさを強調しています。だから「地獄に落ちたくなければ悪いことをするな」、と教えているのではないでしょうか。

私の兄が施設に入居していた時、施設の人から「もう近いと思うので会いに来てください」と連絡があり会いに行きました。その時兄はもう会話のできる状態ではありませんでしたので兄の手を握り「何も心配することはないよ」と言ってあげました。この文言だけをとらえるなら「家のことは何も心配いらないよ」と解釈できますが、私はまさか臨終間際の人に声を出して「あの世へ行くのに何も心配いらないよ」とは言えませんでしたので「何も心配いらないよ」と言いました。先程も書きましたが、死ぬ間際には「幸せホルモン」が出てみんな天国へ行くと私は思っています。兄にもこの「究極の幸せとは」が本になる前にコピーをして渡してありますので一度は読んでいると思います。人は長い人生の中で悪いことをしたり嘘をついたりしたことはあると思います。臨終の際に「俺は悪いことをやったり嘘をついたりしたので地獄へ落ちるのだろうか?」などと考えるより「人間（脳のある生き物）は全員天国へ行ける」と思って臨終を迎えてほしいと思います。

運動会の徒競走《ときょうそう》でよくかかる曲、あれは「天国と地獄」という曲です。一番とビリでは天国と地獄なの？　そんなことないですよね。一番でもビリでも一生懸命走ることに意義があると思います。

私の好きな言葉に「**禍福《かふく》は糾《あざな》える縄のごとし**」と「**人間万事塞翁《さいおう》が馬**」というのがあります。良いと言っても楽観せず、悪いと言っても悲観せず、という精神です。

皆さん、この歳まで生きさせていただいたのだから、悪いことをせず、善いことをして、生老病死という真理を理解して、残りの人生を安寧《あんねい》に過ごしませんか。

それが「究極の幸せ」につながるような気がします。

## 九、凡夫解《ぼんぷげ》と摩訶般若波羅蜜多心経《まかはんにゃはらみったしんぎょう》

最後に「凡夫解」と「摩訶般若波羅蜜多心経」を私なりの解釈をして載《の》せました。
人生の参考にしてください。

**凡夫解《ぼんぷげ》**

諸悪莫作《しょあくまくさ》
衆善奉行《しゅぜんぶぎょう》
少欲知足《しょうよくちそく》
南無釈迦牟尼仏《なむしゃかむにぶつ》
南無阿弥陀仏《なむあみだぶつ》

---

（訳）凡人の私が分かったこと
悪いことをせず
善《よ》いことをして
何事もあまり欲張らず
あとのことは仏様にお任せしましょう

## （苦しい時に唱えるお経）

**摩訶般若波羅蜜多心経《まかはんにゃはらみったしんぎょう》**　（訳）悟りへの偉大なる智恵のお経

＊摩訶般若波羅蜜多心経は通常略して「般若心経」と言われています。神前にては「宝の御経」、仏前にては「花の御経」、家のため人のためには「祈祷の御経」とも言われ、大乗仏教の真髄が凝縮されていますので、宗派を超えて唱えられています。

観自在菩薩《かんじざいぼさつ》
行深般若波羅蜜多時《ぎょうじんはんにゃはらみったじ》
照見五蘊皆空《しょうけんごうんかいくう》
度一切苦厄《どいっさいくやく》
舎利子《しゃりし》
色不異空《しきふいくう》

---

観音様が
一生懸命修行して
煩悩や欲望を断ち切った時
一切の苦しみから解放されました
舎利子よ
心次第である物もないと思えるし

空《くう》不《ふ》異《い》色《しき》
色即是空《しきそくぜくう》
空即是色《くうそくぜしき》
受想行識《じゅそうぎょうしき》
亦復如是《やくぶにょぜ》

舎利子《しゃりし》
是諸法空相《ぜしょほうくうそう》
不生不滅《ふしょうふめつ》

不垢不浄《ふくふじょう》
不増不減《ふぞうふげん》

---

ない物もあると思える
「ある」即ち「ない」と同じだし
「ない」も即ち「ある」と同じです
物だけでなく
心の働きもまた同じです

舎利子よ
この世の法　即ち現象や物質はすべて心の働きによって起こるのです
だから生ずることもないし　滅することもないし

汚いとか　きれいとか
増えるとか　減るということもないのです

是《ぜ》故《こ》空中《くうちゅう》無《む》色《しき》
無《む》受《じゅ》想《そう》行《ぎょう》識《しき》

無《む》眼《げん》耳《に》鼻《び》舌《ぜっ》身《しん》意《に》
無《む》色《しき》声《しょう》香《こう》味《み》触《そく》法《ほう》
無《む》眼界《げんかい》乃至《ないし》無《む》意《い》識界《しきかい》

無《む》無明《むみょう》　亦《やく》無《む》無明尽《むみょうじん》

乃至《ないし》無《む》老死《ろうし》
亦《やく》無《む》老死《ろうし》尽《じん》
無《む》苦《く》集《しゅう》滅道《めつどう》
無《む》智《ち》亦《やく》無《む》得《とく》　以《い》無《む》所《しょ》得《とく》故《こ》

---

この故に　何ものにも囚われない心には　物はないし
心の働きもありません

目・耳・鼻・舌・体・心もないし
色・声・香り・味・触った感じ・現象や物質もありませんから
目で見えるものから目で見えない心まで　すべてないのです

迷いや煩悩がなければ　迷いや煩悩に悩むこともなく

老いや死が無ければ
老いや死に悩むこともありません
苦しみも煩悩も
真理も智恵も　すべてがなくなります

菩提薩埵《ぼだいさった》
依《え》般若《はんにゃ》波《は》羅《ら》蜜《みっ》多《た》故《こ》
心《しん》無《む》罣《けい》礙《げ》　無《む》罣《けい》礙《げ》故《こ》
無《む》有《う》恐《く》怖《ふ》
遠《おん》離《り》一切《いっさい》顚倒《てんどう》無想《むそう》
究竟《くきょう》涅槃《ねはん》
三世《さんぜ》諸仏《しょぶつ》
依《え》般若《はんにゃ》波《は》羅《ら》蜜《みっ》多《た》故《こ》
得《とく》阿《あ》耨《のく》多《た》羅《ら》　三藐三《さんみゃくさん》菩《ぼ》提《だい》
故《こ》知《ち》般若《はんにゃ》波《は》羅《ら》蜜《みっ》多《た》
是《ぜ》大神呪《だいじんしゅ》　是《ぜ》大明呪《だいみょうしゅ》
是《ぜ》無《む》上呪《じょうしゅ》　是《ぜ》無《む》等等呪《とうどうしゅ》

---

菩薩は
悟りへの修行により
心に妨げがなくなり　心に妨げがないから
恐怖もなくなり
物事をありのまま見ることができ　間違った物の見方をせず
悟りの境地に入れたのです
あらゆる仏様は
悟りへの本当の智恵を持っているが故に
最高最上の智恵を得ることができたのです
だから般若心経は
誰が唱えても最高のお経だと知りなさい　般若心経を唱えるとすべての
苦しみを取り除いてくれます　それは真実であって一つの嘘もないから

能除一切苦《のうじょいっさいく》　真実不虚《しんじつふこ》
故説般若波羅蜜多呪《こせつはんにゃはらみったしゅ》
即説呪曰《そくせつしゅわつ》
羯諦羯諦《ぎゃていぎゃてい》　波羅羯諦《はらぎゃてい》
波羅僧羯諦《はらそうぎゃてい》　菩提薩婆訶《ぼじそわか》
般若心 経《はんにゃしんぎょう》

です

だから悟りを得る智恵を唱えましょう
さあ悟りのお経を唱えましょう
悟ろう　悟ろう　修行して悟りを得よう
般若心経を唱えて菩薩になって
この世の苦しみから解放されましょう

合掌

**著者プロフィール**

**道木 長保**（どうき ながやす）

昭和24年（1949年）に生まれる。
愛知県出身。
昭和48年（1973年）、京都産業大学法学部卒業。
趣味は囲碁。

著者近影

## 夢の対局

2025年 3 月15日 初版第 1 刷発行

著 者 道木 長保
発行者 瓜谷 綱延
発行所 株式会社文芸社
〒160-0022 東京都新宿区新宿1－10－1
電話 03-5369-3060（代表）
03-5369-2299（販売）

印刷所 株式会社暁印刷


ISBN978-4-286-26333-5 JASRAC 出 2409075－401